ÉDOUARD ROTT

Perrochel et Masséna

L'occupation française en Helvétie

1798-1799

NEUCHATEL
ATTINGER FRÈRES, ÉDITEURS

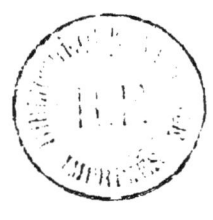

PERROCHEL ET MASSÉNA

ÉDOUARD ROTT

Perrochel et Masséna

L'occupation française en Helvétie

1798-1799

NEUCHATEL

ATTINGER FRÈRES, ÉDITEURS

L'histoire est faite de contrastes, de rapprochements suggestifs ou saisissants.

Parmi vos souvenirs de touriste, en est-il de plus inoubliable que celui d'un lever de soleil dans la Suisse primitive ? L'aube point à peine, encadrant dans un ciel d'opale la masse sombre des Mythen. Sur la grève endormie, clapote le flot monotone, tandis que, vers les hauteurs du Seelisberg, le chant guttural d'un pâtre éveille les échos de la vallée.

A la même heure du jour, il y a tout juste un siècle, les balles sifflaient sur les deux rives du lac des Quatre-Cantons. De Brunnen et de Beggenried à Seedorf et à Erstfeld, tout était mis à feu et à sang et, dans Altdorf incendié, demeuraient seuls debout quinze immeubles sur trois cent cinquante que l'on y comptait la veille.

On éprouverait, sans doute, quelque scrupule à évoquer ce passé funeste, s'il n'était en même temps glorieux.

Alors que le canon grondait sur le Rhin et que l'Étranger foulait leur sol, les Suisses de 1799 trouvèrent l'occasion bonne de fêter — le 4 avril — l'anni-

versaire du combat de Naefels, dans lequel leurs aïeux avaient refoulé l'invasion autrichienne.

Aujourd'hui, que l'apaisement s'est fait, dans cette contrée, tour à tour sévère et riante, où grenadiers de Soult, mousquetaires de Souvarow et pâtres aux chemises blanches de Vincent Schmied dorment, côte à côte, leur dernier sommeil, on peut, croyons-nous, après avoir rendu un légitime hommage au courage et à l'endurance déployés par les vainqueurs, célébrer les mâles vertus des Suisses de 1799, lesquels, moins heureux que leurs descendants, ont vécu la période la plus troublée et la plus douloureuse que l'Helvétie ait jamais traversée.

Septembre 1899.

L'AFFRANCHISSEMENT du pays de Vaud n'avait été que le prétexte de l'intervention armée du gouvernement français dans les affaires de l'Helvétie. (1) En fait, les membres du Directoire tenaient, d'une manière essentielle, à placer l'ancienne Confédération sous leur dépendance. A leur avis, cet État, malgré l'apparente neutralité dont il se prévalait, n'avait cessé de favoriser de ses vœux, et parfois de sa secrète assistance, les efforts de la Coalition. N'allait-on pas jusqu'à reprocher à la Suisse d'être devenue l'asile des

(1) *Rapport au Directoire exécutif sur les opérations des agents civils et militaires de la République dans les pays qui ont été occupés par les armées françaises.* 20 juillet 1799. Aff. Etr. Suisse CCCCLXX, p. 263.

ennemis les plus actifs de la République, le foyer de leurs intrigues, le berceau de toutes les conspirations qui avaient compromis la liberté et le repos intérieur de la grande nation ? (1)

A dire vrai, cette opinion n'était pas celle de la plupart des politiques éclairés et non prévenus qui approchaient le ministre des Relations Extérieures. Ceux-ci se plaisaient à reconnaître que les « principes de la liberté se « propageaient avec rapidité dans toute la « Suisse, qu'on y appelait de toute part une « réforme salutaire indispensable ». (2)

Les faits semblaient, d'ailleurs, plaider en faveur de cette manière de voir. A Lucerne, le gouvernement aristocratique était aboli « par les gouvernants eux-mêmes. Un comité « était chargé de travailler à une constitution

(1) *Mémoire pour servir d'instruction au citoyen Perrochel, ministre plénipotentiaire de la République française près la République helvétique.* Octobre 1798.

(2) *Rapport au Directoire.* 20 juillet 1799.

« bâtie sur les principes de l'égalité. Déjà Basle « et Soleure l'avaient prévenu. Zurich accor- « dait une amnistie à toutes les personnes « détenues ou bannies pour cause de leurs « opinions politiques. Le gouvernement de « Berne, lui-même, déclarait qu'il était disposé « à apporter à la constitution du pays les « changements nécessités par l'esprit du temps « et les circonstances. Une commission était « chargée de cet ouvrage, mais son plan ne « devait être présenté à l'acceptation du peuple « que dans l'espace d'un an ». (1)

Cet atermoiement fut la pierre d'achoppement à laquelle se heurtèrent les partisans des solutions pacifiques.

Au surplus, les événements se précipitaient. Les Vaudois venaient d'invoquer l'intervention de la France, garante du traité qui leur conservait, en passant sous le pouvoir de Berne, « l'exercice de tous leurs droits civils ». Cet

(1) *Rapport au Directoire.* 20 juillet 1799.

appel devait être entendu. On sait le reste : l'arrêté pris par le Directoire le 8 nivôse (29 décembre 1797), rendant les gouvernements de Berne et de Fribourg responsables de la sûreté personnelle et des propriétés des Vaudois ; les sauvegardes accordées par le chargé d'Affaires de la République française aux communes qui avaient réclamé sa protection ; la résistance des cantons intéressés ; l'entrée en scène de Brune, apportant aux soulevés vaudois l'appui de son armée victorieuse ; la chute successive et foudroyante de Fribourg, de Soleure, de Morat (2 mars), celle de Berne (15 mars) qui, selon le style imagé d'un contemporain, entraîna « l'écroulement du gothique édifice de la Constitution helvétique » (1) ; l'occupation de Zurich ; l'imposition d'une contribution de quinze millions aux anciens gouvernements oligarchiques ; la substitution au « pouvoir fédéral » d'un « pouvoir

(1) *Instruction de Perrochel.*

unique » (12 avril) ; la réunion de Genève et de l'Erguel à la grande République ; la soumission de la Suisse primitive ; la répression des mouvements insurrectionnels dans le Valais ; la conclusion d'un traité d'alliance entre les deux pays (août).

En dotant l'Helvétie d'une constitution de toutes pièces, le gouvernement français s'était, avant tout, préoccupé de ses propres intérêts. Seul, l'unitarisme pouvait — on l'espérait du moins — assurer le triomphe des patriotes sur les oligarques des cantons de l'Ouest et les démocrates des États du Centre. Sous l'ancienne monarchie, la diplomatie du Louvre s'était heurtée à des difficultés souvent insurmontables, chaque fois qu'elle avait tenté d'amener à ses vues l'ensemble de la Confédération, dont quelques membres se sentaient soutenus par l'Espagne, l'Empire ou la Grande-Bretagne. Du coup, tous ces obstacles disparaissaient, et la République helvétique, satellite — comme la République batave ou la Cisalpine — de la grande République française, était appelée à graviter, elle aussi, dans l'orbite de cette dernière.

Il est vrai que la majorité du peuple suisse éprouvait de la répugnance à reconnaître une constitution imposée par l'étranger et que, suivant l'aveu ingénu du représentant du Directoire à Berne vers la fin de 1799 — « ce mélange d'olygarchie et de démocratie ne plaisoit à personne » (1). Mais, en revanche, le gouvernement de Paris, résolu au besoin à « faire fructifier le prosélytisme par les armes » (2) — et il avait déjà donné mainte preuve de cette sienne volonté — ne semblait pas mettre en doute que les « meilleurs esprits et les hommes les plus justement célèbres parmi le peuple helvétique » ne se rangeassent à son opinion (3). Illusions de politiques à courtes vues, peu soucieux de léguer

(1) *Pichon à Talleyrand,* Berne, 12 frimaire, an VIII (2 décembre 1799). Aff. Etr. Suisse CCCCLXXI, p. 247.
(2) Ibidem.
(3) *Instruction de Perrochel.*

des embarras à leurs successeurs ! Les Girondins payèrent de leur tête une erreur de jugement qui les portait à préconiser l'établissement d'une fédération contre laquelle protestait tout le passé de leur pays. Plus heureux, les chefs du mouvement unitaire en Helvétie purent, à leur aise, sous la protection des baïonnettes de Schauenbourg et de Masséna, mener à mal une expérience condamnée, par avance, à l'insuccès le plus éclatant.

I

Traité d'alliance du 19 août 1798. — Inexécution, de la part de la France, de plusieurs clauses de ce traité. — L'Helvétie ne reconquiert que nominalement son indépendance. — Prédominance toujours plus accusée du pouvoir militaire sur le pouvoir civil. — Occupation de Bâle par les troupes françaises.

Le traité de paix et d'alliance offensive et défensive, conclu à Paris le 19 août 1798 entre la République française et la République helvétique, avait été imposé à cette dernière. Il garantissait à celle-ci son indépendance et l'unité de son gouvernement, consacrait l'annexion de l'évêché de Bâle et de la principauté de Porrentruy à la France, mais faisait litière, dans son article II, de la neutralité helvétique.

Il est vrai que des articles secrets, signés le même jour, prévoyaient la réunion, à la jeune République, du Frickthal, des Ligues Grises et du Vorarlberg, et que le Directoire français s'engageait à retirer ses troupes du pays dans l'espace de trois mois après l'échange des ratifications.

En fait, rien ne fut modifié, quant à la situation politique de l'Helvétie à l'égard de sa grande alliée et protectrice de l'Ouest. Malgré les protestations du gouvernement central, de nombreuses colonnes françaises continuèrent à sillonner la Suisse, sans que les autorités supérieures ou les autorités locales fussent prévenues en temps utile de leur passage (1). Les troupes déjà cantonnées en Helvétie y furent maintenues, sous le prétexte « que les dispositions hostiles de l'Autriche et la malveillance reconnue du roi de Sardaigne nécessitaient la prolonga-

(1) *Acten aus der Zeit der Helvetischen Republik*, III, n° 1 (95), n° 2 (5).

tion de leur séjour (1) ». De plus, l'artillerie, dont la France s'engageait à remettre en possession le Directoire helvétique, n'était pas restituée (2) et les citoyens suisses continuaient à se voir frustrés des avantages commerciaux prévus dans l'article XV. Quant à l'exonération définitive des contributions de guerre non encore perçues, elle demeurait lettre morte (3). Du Jura à l'Arlberg, le régime du sabre sévissait avec toutes ses conséquences prévues et imprévues (4).

Il existait, d'ailleurs, une consécration en quelque sorte officielle de cet état de choses. Tandis, en effet, que le ministre français des Relations Extérieures ne se trouvait plus représenté en Helvétie que par des agents du second degré, de simples chargés d'Affaires, comme les

(1) *Rapport au Directoire,* etc., 20 juillet 1799. A. E. Suisse CCCCLXX, p. 263.

(2) Art. III du traité. *Acten der Helvetik,* III, n° 1 (99).

(3) *Acten der Helvetik* III, n° 1 (127).

(4) Ibid., III, n° 1 (95).

citoyens Mengaud et Bignon, le Directoire exécutif entretenait auprès de ses armées d'occupation un commissaire civil, véritable plénipotentiaire politique : tels Le Carlier (mars-mai 1798), l'un des inspirateurs de la Constitution unitaire, et ce Rapinat qui, porteur de tout autre nom, eût peut-être laissé en Suisse de moins amers souvenirs, car ses exactions furent discrètes au prix de celles de Masséna.

Bien que le chargé d'Affaires fût le subordonné du commissaire civil, une incessante rivalité divisait ces deux fonctionnaires, ce dont le gouvernement suisse était bien éloigné de se plaindre, tant il craignait que la réconciliation de ces pouvoirs opposés ne s'opérât à son préjudice.

Au risque de fatiguer de ses doléances ses très ombrageux protecteurs, le Directoire helvétique, rabaissé au niveau d'une simple chambre administrative (1), faisait enregistrer de la

(1) *Rapport au Directoire,* 20 juillet 1799.

manière la plus minutieuse toutes les contraventions au traité, relevées à la charge des autorités françaises, et les transmettait à son ministre plénipotentiaire à Paris, en les accompagnant de commentaires acrimonieux. Le plus souvent, il est vrai, ces réclamations n'aboutissaient pas ou demeuraient sans réponse ; mais il arrivait aussi qu'elles se croisassent avec des témoignages flatteurs — quoique sans grande portée — de la sollicitude du gouvernement de Paris à l'égard des patriotes de l'Helvétie. C'est ainsi que, le 4 octobre 1798, Schauenbourg faisait hommage au Directoire helvétique des drapeaux pris sur les rebelles d'Unterwalden et de Schwytz (1). Quelques semaines plus tard, le Directoire français intervenait, à son tour, pour déclarer solennellement qu'en cas de reprise des hostilités avec la maison d'Autriche, il ne concluerait point la paix sans avoir exigé et obtenu la levée du séquestre mis par la cour

(1) *Acten der Helvetik*, III, n° 1 (83a).

de Vienne sur les fonds appartenant à la nation et aux particuliers suisses (1).

De toutes les alertes qui assaillirent le Directoire helvétique à cette époque, la plus chaude fut sans contredit provoquée par la nouvelle de l'entrée des troupes françaises dans Bâle. Vers la fin d'octobre, en effet, Schauenbourg fit occuper cette ville. Il avait négligé de prévenir l'autorité suisse de son dessein, bien qu'il eût, au même temps, noué des négociations avec elle en vue d'obtenir son consentement à l'occupation des cantons italiens par un détachement français.

Le Directoire helvétique protesta, de la manière la plus vive, contre un fait qualifié par lui d'atteinte au traité d'alliance. Il lui fut répondu de Paris que l'indépendance de la Suisse tenait, plus que jamais, à cœur aux membres du gouvernement français. L'occupation de Bâle, ajoutait-on, avait été dictée par des considéra-

(1) *Akten der Helvetik,* III, n° 1 (125).

tions stratégiques — ce qui était vrai — et en vue de prévenir un coup de main de la part des Autrichiens. La police de la ville ne continuait-elle pas, d'ailleurs, à dépendre du préfet national ? Au surplus, le général en chef avait reçu l'ordre de concilier « ce que la politique de l'État français exigeait pour la sûreté de ses armées et de ses frontières avec les égards dus à la souveraineté helvétique et à l'alliance fraternelle de deux nations indépendantes (1) ». Schauenbourg exécuta à la lettre ses instructions. Le commandant français dans Bâle ayant manqué d'égards à un membre de la légation impériale fut révoqué et interné à Aarbourg (2). La rupture officielle entre la France et l'Autriche n'était qu'ajournée.

(1) *Le ministre des Relations Extér. à Zeltner.* Paris, 18 brumaire an VII (8 novembre 1798). A. E. Suisse CCCCLXVIII, 315. — *Acten der Helvetik,* III, n° 1 (28).

(2) *Bignon à Talleyrand,* Bâle, 16 et 26 brumaire VII (6 et 16 novembre 1798). A. E. Suisse CCCCLXVIII, 304 et 347. — *Acten der Helvetik,* III, n° 1 (26, 27). — *Gazette de France,* année 1799, n° 336.

II

Perrochel. — Ses origines. — Son arrivée à Lucerne. — Ses instructions. — Changement d'orientation dans la politique du Directoire à l'égard des cantons. — Établissement d'une légation française en Helvétie. — Suppression du commissariat civil près l'armée d'occupation. — La défiance envers le gouvernement français persiste au sein des Conseils de la République helvétique.

Telle se présentait, dans ses traits essentiels, la situation intérieure de l'Helvétie, lorsque Henri-François-Constance Perrochel arriva à Lucerne, le 9 novembre 1798. Le nouveau ministre plénipotentiaire du Directoire appartenait à la classe des *ci-devant*. Né dans la Sarthe, à Saint-Aubin-de-Locquenay, le 15 novembre 1751 (1), il avait tout d'abord embrassé la carrière militaire avant de se vouer à l'état ecclésiastique qui devait être, semblait-il dans ce moment-là, plus favorable à sa fortune. Ordonné prêtre et attaché à l'oratoire de *Monsieur*, frère du roi, il s'était vu gratifier, par bulles du 1er janvier 1783, de l'abbaye Toussaint d'Angers *(Omnes Sancti)* (2).

Installé dans sa prébende abbatiale de Saint-Maurice, dès le 17 mars 1784, Perrochel avait trouvé le moyen de cumuler quinze mille francs de *bénéfices*, ce qui le mit en mesure de satisfaire son goût pour les voyages et de parcourir successivement l'Angleterre, la Suisse, l'Allemagne et les royaumes du Nord. Il n'attendit pas, comme Talleyrand son chef, d'être pourvu d'un évêché pour se démettre de ses

(1) Il était le quatrième fils de Louis-Jacques-François-Charles de Perrochel et de Charlotte d'Osmond. (Communication de M. l'abbé E.-L. Chambois, au Mans).

(2) *Gallia Christiana* XIV, 713. — La *Biographie nouvelle des contemporains* (Paris 1824. XVI, 172) le fait naître aux environs de Caen.

fonctions ecclésiastiques. Dès 1790, la cause de la Révolution trouve en lui un adepte fervent. Cette même année, le 24 février, les députés de sa province le chargent de présenter au conseil municipal d'Angers la carte du département de Maine-et-Loire adoptée par l'Assemblée nationale.

Mais la guerre est déclarée, la France envahie. Perrochel s'engage en qualité de simple volontaire et combat à Jemmapes. De retour à Angers, il obtient le commandement d'un escadron dans le 19e régiment de dragons, prend part à la campagne de Vendée et reçoit, à l'affaire de Martigné-Briant, le 15 juillet 1793, un coup de feu qui lui traverse la poitrine. Devenu, dès lors, impropre à tout service actif, il ne tarde pas à être attaché au comité militaire de la Convention nationale. Sur ces entrefaites, son ami La Revellière-Lépeaux avait été élu directeur. Envoyé en Suède, en 1795, en qualité de chargé d'affaires, Perrochel y demeura jusqu'en 1796. Il revenait de Madrid, où il avait rempli, durant plusieurs mois, les fonctions de premier secrétaire, puis de gérant de la légation française, lorsqu'il fut nommé, le 2 septembre 1798, ministre plénipotentiaire en Helvétie (1).

Les instructions remises à Perrochel sont intéressantes à plus d'un titre. On y trouve la preuve manifeste que le Directoire nourrissait, vers cette époque, l'intention de donner à sa politique helvétique une orientation nouvelle. La note dominante est celle de l'apaisement et de l'oubli du passé. On ne divisera plus pour régner. Aussi le refus opposé par Rapinat au gouvernement helvétique qui lui demandait d'autoriser la publication des papiers du Conseil secret de Berne, est-il sagement maintenu (2). En toutes occasions, Perrochel se souviendra « qu'il est envoyé vers une nation

(1) Cf. *Célestin Port,* Dictionnaire biographique... de Maine-et-Loire, III, 81.

(2) *Rapport au Directoire sur les opérations des agents civils, etc.* 20 juillet 1799.

« libre, vers un gouvernement ami, et que si « quelques faits inséparables de l'état de guerre « avaient froissé le cœur des Helvétiens en « affectant leur dignité, c'est au ministre plé-« nipotentiaire de la République à faire ou-« blier ces moments d'angoisse et à contribuer, « de tout son pouvoir, au plus grand dévelop-« pement de l'énergie qui est dans le cœur « des descendants de Guillaume Tell » (1).

Afin de mieux établir que la mission de son représentant « atteste la parfaite indépendance « du gouvernement près duquel il est accrédité », le Directoire français l'élève au rang de ministre plénipotentiaire et supprime les pouvoirs politiques attribués jusqu'alors au commissaire civil près l'armée d'occupation. Enfin, remise sera faite, aux gouvernements cantonaux intéressés, du solde de la contribution de guerre non encore perçue, et bonne espérance donnée aux autorités de la République sœur que l'incorpo-

(1) *Instructions de Perrochel.*

ration à l'Helvétie du Frickthal et des Ligues Grises ne saurait tarder.

A toute autre époque, la manifestation de dispositions si favorables eût été saluée avec bonheur par le peuple suisse. Mais l'Helvétie avait trop souffert pour que la perspective — encore lointaine — d'un allégement à ses maux, provoquât parmi ses habitants un bien réel enthousiasme. Et puis, on savait par expérience, à Lucerne, que les résolutions les meilleures prises par le gouvernement de Paris n'étaient pas toujours suivies d'effet. On se souvenait, entre autres, que, vers la fin de juin, Rapinat avait été brusquement rappelé à la suite d'abus de pouvoir que ses supérieurs s'étaient refusés à ratifier. Or, ce même Rapinat — que Jenner couvre d'opprobres dans ses Mémoires (1) et auquel il adresse, dans l'intimité, les épîtres les plus élogieuses et les plus

(1) *G. v. Jenner.* Denkwürdigkeiten meines Lebens (pp. Jenner-Pigott, Berne (1887), p. 36 et sq.).

approbatives (1) — avait été réintégré dans ses fonctions, au bout de quelques jours de disgrâce (2). Des événements prochains devaient démontrer que les appréhensions et les défiances des magistrats suisses n'étaient pas sans fondement.

(1) « Vous m'avez comblé de bontés personnellement. Ma patrie vous doit tant que ma reconnaissance survivra à tous événements... » *Jenner à Rapinat.* Paris, 12 pluviôse VII (31 janvier 1799). A. E Suisse CCCCLXIX, f° 69.

(2) *Rapport au Directoire,* etc. 20 juillet 1799.

III

Motifs des avances faites par le Directoire français au Directoire helvétique. — Importance stratégique de la Suisse. — Intérêt de l'Autriche à prévenir la France dans ce pays. — Intrigues nouées par la Coalition dans certains cantons. — Occupation de la Rhétie par les troupes impériales. — La France requiert l'assistance de la Suisse contre l'ennemi commun.

Vers la fin de 1798, la situation de la République française à l'égard des puissances étrangères présentait une réelle gravité. Les négociations entamées à Rastadt, l'année précédente, se poursuivaient péniblement et leur issue négative ne faisait doute pour personne. Or, dans le conflit dont l'éclosion apparaissait imminente, l'Helvétie était appelée à jouer un rôle capital, sinon décisif. Dès lors, le gouvernement français avait tout intérêt à se rendre favorables les « alliés forcés » qu'il s'était donnés par le traité du 19 août. En usant de ménagements envers eux, il se flattait de les amener à faire, librement et de leur propre volonté, cause commune avec lui contre l'Autriche. Là gît le secret des avances faites par le plénipotentiaire français au gouvernement helvétique.

Certes, il serait téméraire d'affirmer, comme le prétend Perrochel, que la révolution helvétique inquiétait infiniment plus l'empereur que ne l'inquiétait la révolution française (1). Toutefois, il n'est pas niable qu'elle ne fût pour lui un sujet de constante préoccupation.

« Par sa grande proximité de l'Allemagne, « par ses relations habituelles, par la confor- « mité de langage et de mœurs, le peuple « suisse offrait aux Allemands un tableau bien

(1) *Perrochel à Talleyrand.* Lucerne, 21 pluviôse VII (8 février 1799.) A. E. Suisse CCCCLXIX, 92.

« plus rapproché et plus frappant que celui « que leur présentait la France. » Voyant le danger de la contagion menacer ses États, François II devait donc « attacher une très haute importance à renverser le nouvel ordre de choses en Helvétie » (1). Mais un autre motif, non moins puissant, l'affermissait dans ce dessein. En concluant avec la Suisse un traité d'alliance offensive et défensive, la France avait fait perdre à ses ennemis d'Outre-Rhin un avantage considérable. Jusqu'à cette date, en effet, il était loisible à l'empereur de porter tout le poids de ses forces vers le Bas-Rhin et en Italie. La ligne frontière suisse, depuis Bâle jusqu'aux sources du Rhin, « lui servait de front de défense » et protégeait ses possessions héréditaires. En outre, le Piémont le garantissait encore « et prolongeait l'étendue de ses remparts contre la France » (2).

(1) *Perrochel à Talleyrand.* Lucerne, 21 pluviôse VII (8 février 1799.) A E Suisse CCCCLXIX, 92.
(2) Ibidem.

La République helvétique devenue un État-annexe de la République française, le Piémont conquis, l'Autriche voyait toutes ses frontières ouvertes du côté de l'Occident. En portant les hostilités au sud du Rhin, l'empereur poursuivait un quadruple dessein. En premier lieu, il espérait rétablir en sa faveur la prépondérance militaire que de récents événements lui avaient fait perdre. Il cherchait, en outre, à replacer l'oligarchie dans les anciens cantons suisses et la démocratie pure dans les autres. L'appui des émigrés réfugiés en Allemagne, et celui des mécontents demeurés dans le pays lui étaient acquis d'avance à cet effet. Enfin il se proposait de réduire à néant l'alliance des deux républiques et, une fois ses troupes solidement établies dans la plaine suisse, d'appuyer les tentatives de soulèvement du parti royaliste dans les départements de l'Est.

On savait à Paris, comme à Lucerne, qu'un « comité anglais », installé à Constance, entretenait des intelligences dans certains cantons (1). On n'ignorait pas, de plus, qu'un plan d'opérations pour l'armée d'invasion de l'Helvétie avait été élaboré à Vienne entre le ministre anglais et le baron de Thugut ; on croyait savoir en outre que, quelque téméraire que parût l'entreprise, un corps de 60,000 hommes entrerait en Suisse, par plusieurs points à la fois, et chercherait à s'y maintenir, avant même que l'aile droite de l'armée impériale, sur le Rhin, et l'aile gauche, cantonnée en Italie, eussent reçu l'ordre d'exécuter leur marche en avant. Or il paraissait essentiel à l'empereur de s'assurer, avant toutes choses, d'une libre communication pour ses troupes entre l'Autriche antérieure et la Haute-Italie. Sans attendre l'issue des négociations de Rastadt, une armée autrichienne envahit les Grisons, vers le milieu d'octobre (2), s'empara de Coire que le résident français, Florent-Guyot

(1) *Perrochel à Talleyrand.* Lucerne, 10 ventôse, an VII (28 février 1799). A. E. Suisse CCCCLXIX, 145.

(2) *Acten der Helvet. Republik* III, n° 22.

put quitter à temps, et installa dans la haute vallée du Rhin un gouvernement provisoire (1). Cet événement relevait — il va de soi — le Directoire français de l'engagement pris par lui, le 1er prairial, de respecter la neutralité des Ligues Grises. Un supplément d'instructions fut adressé à Perrochel à ce sujet. Le ministre plénipotentiaire y trouva des indications propres à guider sa conduite dans les circonstances imprévues dont il s'agissait (2).

L'article II du traité d'alliance franco-suisse stipulait que chacune des deux républiques *pourrait*, en cas de guerre, requérir la coopération de son alliée. On s'attendait donc à Paris à voir le Directoire de Lucerne réclamer l'aide de la France contre les envahisseurs des Grisons. Mais, outre que ce dernier pays ne faisait point encore partie de la République

(1) *Acten der Helvet. Republik*, III, nº 22, nº 23 (1). — *Mém. de F. de Roverea* (éd. Tavel. Berne, 1848) t. II, 25 et sq.

(2) *Supplément d'instructions pour le citoyen Perrochel.* A. E. Suisse CCCCLXVII, fº 330.

helvétique, les milices suisses étaient en pleine réorganisation (1). Il devenait, dès lors, bien difficile au gouvernement « de réveiller l'é-« nergie nationale par un appel direct au pa-« triotisme de chaque citoyen » (2). La Harpe et ses collègues ne cherchèrent pas à remonter un courant qui leur était contraire. S'abritant derrière la clause conditionnelle et facultative de l'article II du traité, ils renoncèrent d'autant plus facilement à solliciter l'assistance de la France, que ce même article II prévoyait que les troupes requises seraient payées et entretenues par la puissance requérante. Il ne restait, en conséquence, d'autre ressource au Directoire de Paris, s'il voulait obtenir ses fins, que d'intervertir les rôles et de réclamer lui-même la coopération du gouvernement suisse contre l'ennemi commun. C'est ce qu'il fit. Perrochel, porteur d'une réquisition officielle, se présenta devant le Directoire à Lucerne et

(1) *Acten der Helvet. Republik* III, n° 31 (1 et sq.), 67.
(2) Ibid. III, n° 143.

lui fit part du désir du gouvernement français de recruter en Helvétie six demi-brigades auxiliaires, soit 18,000 hommes, qui « seront « employés de la manière la plus avantageuse « aux deux Républiques ». Les négociations en vue de cette capitulation furent conduites avec vigueur, de part et d'autre, et, le 30 novembre déjà, le ministre plénipotentiaire signait à Lucerne une convention qui donnait satisfaction aux exigences manifestées par le cabinet de Paris (1).

(1) *Acten der Helvet. Republik* III, n° 120 (1).

IV

Masséna succède à Schauenbourg dans le commandement de l'armée d'Helvétie. — Forces respectives des armées française et impériale. — Campagne de Masséna en Rhétie. — Déclaration de guerre à l'Autriche. — Insuccès que rencontre la levée des six demi-brigades auxiliaires. — Ses causes. — Protestations de Perrochel contre les abus de pouvoir accomplis ou tolérés par le généralissime.

Cependant les événements se précipitaient en Italie, en Égypte, partout où les armées de la République se trouvaient engagées. Au total, la coalition ourdie contre la France faisait long feu et la fortune paraissait favoriser le drapeau tricolore. Les échecs subis en Irlande étaient amplement compensés par les victoires remportées sur l'armée napolitaine (novembre), par la cession du Piémont, l'occupation de Rome (décembre), la pacification de la Vendée (janvier 1799), la chute de Naples et les brillants faits d'armes de Bonaparte sur le Nil.

A Schauenbourg avait succédé, dans le commandement en chef de l'armée d'Helvétie, l'« enfant chéri de la victoire », le héros de Loano et de Rivoli, Masséna (11 décembre 1798) (1). Les troupes françaises, cantonnées entre le Jura, les Alpes et le lac de Constance, s'élevaient en nombre, suivant une estimation qui paraît digne de foi, à 45,000 combattants (2) dont 25,600 environ prêts à entrer

(1) *Acten der Helv. Republik* III, 120 (33), 128.— Mémoires de Masséna III, 62.

(2) *Perrochel à Talleyrand.* Lucerne, 21 pluviôse (8 février 1799). A. E. Suisse CCCCLXIX, f° 92 — M. Gunther (Der Feldzug der division Lecourbe in schweizerischen Hochgebirge). [Frauenfeld 1896], p. 26, estime qu'à la fin de février 1799, Masséna disposait de 33,179 hommes, renforcés de 10,000 Suisses.

en ligne (1). A ces forces, l'empereur pouvait opposer, tant dans les Grisons que sur la rive gauche du Rhin jusqu'à Schaffhouse, plus de 90,000 sabres ou baïonnettes (2). L'armée de la République brûlait de marcher sur les pas de son nouveau général (3). Celui-ci lui en donna bientôt l'occasion.

Laissant derrière lui en Helvétie son lieutenant Nouvion, avec 8 ou 9000 hommes pour protéger les autorités patriotes et contenir les partisans de l'Autriche, Masséna se porta de Zurich vers la Rhétie, au commencement de mars (4) et, secondé par Lecourbe, dont la division, se dirigeant à marches forcées de Bellinzone vers la Haute-Engadine par le Val Mesocco, Thusis, l'Albula et le Julier, formait son

(1) Mémoires de Masséna III, 72, 93.

(2) *Acten der Helv. Republik* III, 132. — En avril 1799 : 30,000 Français, bientôt portés à 66,000, contre 98,000 Autrichiens. (Revue militaire suisse 1856, p. 99-206) — *Gunther*. op cit p. 26 27.

(3) *Acten der Helvet. Republik* III, 128.

(4) *Masséna à Perrochel*. Zurich, 10 ventôse an VII (1er mars 1799). A. E. Suisse CCCCLXIX, 149.

aile droite, remporta de prompts et brillants succès sur les forces ennemies (1). Le 6 mars déjà, il entrait dans Coire après un combat acharné, tandis que Lorge, l'un de ses divisionnaires, se saisissait du Luciensteig (2). La joie que causa cette victoire fut à peine assombrie par la nouvelle que la petite colonne du général Loison venait de subir un échec et de se voir rejetée de Dissentis sur Urseren (3). Aussi, le 12 mars, les Conseils helvétiques purent-ils voter une résolution déclarant que Masséna et son armée avaient bien mérité de la patrie suisse (4).

Au moment où les hostilités éclatèrent dans les Grisons, les négociations pour la paix se poursuivaient encore à Rastadt. Elles ne furent rompues que vers la fin d'avril, et de la manière la plus tragique; mais, dès le 12 mars, la France

(1) Cf. *Gunther*, op. cit., p. 28-74.

(2) *S. Galitzin*. Allgem. Kriegsgeschichte der neuesten Zeit (Cassel, 1888), t. II (1re partie), p. 234.

(3) 9 mars. *Acten der Helv. Rep.* III, 353 (1). — *Mém de Masséna* III, 108. — *Gunther*, op. cit., 32-33.

(4) *Acten u. s. w.* III, 363 (1).

déclarait la guerre à l'Autriche et à la Toscane et donnait assez ouvertement son adhésion à la réunion des Ligues Grises à l'Helvétie, réunion que le Corps législatif sanctionna le 9 du mois suivant (1). Perrochel fut chargé de porter ces faits à la connaissance du Directoire helvétique (2), de même qu'il avait notifié à celui-ci, le 19 décembre précédent, la déclaration de guerre aux cours de Naples et de Sardaigne (3).

Depuis le 12 mars, date officielle de la rupture entre les deux puissances, Masséna avait continué la série ininterrompue de ses succès. Après s'être avancé jusque devant Feldkirch, clé du Tyrol, opération qui, dans son esprit, devait assurer la jonction éventuelle de l'armée des

(1) *Talleyrand à Perrochel.* Paris, 29 ventôse (19 mars) et 7 floréal (26 avril). *Perrochel à Talleyrand.* Lucerne, 30 ventôse et 25 germinal (20 mars et 14 avril). A. E. Suisse CCCCLXIX, 204, 213, 286, 328.

(2) *Perrochel au Directoire helvétique.* Lucerne, 18 ventôse (8 mars 1799). A. E. Suisse CCCCLXIX, 162.

(3) *Talleyrand à Perrochel.* Paris, 16 frimaire VII. A. E. Suisse CCCCLXVIII, 397.

Grisons avec celle du Danube (1), il s'était porté de sa personne à Constance et à Schaffhouse, afin d'y surveiller les mouvements de l'ennemi du côté de la Souabe (2). D'autre part, Lecourbe venait, à la suite de combats héroïques mais stériles, précurseurs d'une retraite prochaine, de déloger les Autrichiens de leur poste fortifié de Martinsbrück et de les refouler dans le Tyrol, tandis que Dessoles emportait Tauffers, d'où il ne tardait pas, il est vrai, à être rejeté dans la Valteline. A cet instant précis, toutefois, des bruits alarmants commencèrent à se propager en Suisse. Jourdan venait de subir deux graves échecs à Stockach et à Pfüllendorf (21 et 25 mars) et ses troupes battaient en retraite vers Kehl. La victoire remportée par Moreau à Pastringo (26 mars) ne

(1) *Perrochel à Talleyrand*. Lucerne, 7 germinal, 9 h. du soir (27 mars 1799). A. E. Suisse CCCCLXIX, 225. — *Revue milit. suisse*, 1856, p. 90.

(2) *Perrochel à Talleyrand*. Lucerne, 9 germinal (29 mars 1799). A. E. Suisse CCCCLXIX, 233.

compensait point ces revers. Privée des renforts que son chef ne cessait de réclamer pour elle, l'armée d'Helvétie se trouvait — du jour au lendemain — placée dans une situation singulièrement périlleuse.

A défaut des secours que son gouvernement tardait à lui faire parvenir, Masséna, bien qu'il affectât de tenir les troupes suisses en assez médiocre estime — opinion que partageait, au surplus, Talleyrand — insistait auprès de Perrochel afin que celui-ci activât la mise sur pied des six demi-brigades auxiliaires, prévue par la convention du 30 novembre. Mais le ministre plénipotentiaire, quelque désireux qu'il fût d'entrer dans les vues du général en chef, n'était pas en état de satisfaire à cette requête. Aussi longtemps, en effet, qu'il ne s'était agi que de fixer les grandes lignes de la capitulation, les choses avaient marché avec une remarquable célérité. Le Directoire helvétique n'avait-il pas tout intérêt à se rendre agréable au Directoire français ? Mais, dans cette circonstance, La Harpe et ses collègues présumèrent trop de leur influence et des moyens d'action dont ils pouvaient disposer. On s'en aperçut, dès que le moment fût venu de passer des assurances amicales aux mesures d'exécution. Malgré les appels les plus pressants, les proclamations les plus électrisantes, adressés par l'autorité centrale à ses préfets nationaux, il n'y avait, à la fin de février, guère plus de 300 hommes enrôlés sur les 18,000 demandés (1).

La sincérité et la bonne volonté du Directoire helvétique étaient indiscutables. On ne pouvait raisonnablement soupçonner de mauvaise foi un gouvernement qui, au commencement de mars encore, faisait « convertir en nu« méraire des objets d'or et d'argent représentant « une valeur de 140,000 francs, destinée à être « répartie entre les chefs désignés des six demi-

(1) *Perrochel à Talleyrand.* Lucerne, 21 et 25 pluviôse et 18 ventôse, an VII (8 et 13 février et 8 mars). A. E. Suisse CCCCLXIX, 92, 102, 162. — *Acten der Helvet. Republ.* III, 306 (1).

« brigades auxiliaires » dont il cherchait à former les cadres (1).

Il convient donc de rechercher les raisons déterminantes de l'échec infligé aux négociateurs de cette convention militaire du 30 novembre, laquelle, semble-t-il, à première vue, eût dû être assez populaire, puisque la France s'obligeait à avancer la solde et à payer l'équipement des troupes suisses (2). Ces raisons sont multiples et complexes. Et tout d'abord, ainsi que Perrochel le reconnaît avec une très grande franchise, « le sort de cette levée » était « essen-« tiellement entre les mains du gouvernement « français ». Or celui-ci ne fit rien pour assurer l'exécution des engagements souscrits par son plénipotentiaire en Helvétie. « Ce ne sont pas « des lettres de change protestées qu'il nous faut « pour payer les frais de recrutement » — écrit Perrochel — « mais de l'argent effectif ou, du

(1) *Perrochel à Talleyrand.* Lucerne, 23 ventôse (13 mars 1799). A. E. Suisse CCCCLXIX, 186.

(2) *Acten der Helvet. Republ.* III, 120 (47).

« moins, des effets solides et bien assurés. Ce « sont toutes les parties de l'habillement, de « l'équipement et de l'armement, toujours an- « noncées — il s'agissait de 18,000 fusils à prélever dans l'arsenal de Turin — « et qui cepen- « dant n'arrivent jamais. Voilà la vérité et je ne « cesserai de le répéter (1). »

Avec de l'argent, Perrochel se faisait fort de lever 10,000 hommes en quelques jours, au lieu que, privés de ressources financières, les officiers les mieux disposés renonçaient à organiser le recrutement. Avant toutes choses, « le Suisse « exige du positif et du comptant (2) ». Comment n'eût-il pas été fâcheusement impressionné par le tableau de la nécessité dont souffraient les troupes de la grande République ? Comment n'eût-il pas hésité à entrer à la solde d'un gouvernement qui ne parvenait pas à acquitter celle

(1) *Perrochel à Talleyrand.* Lucerne, 25 ventôse, VII (15 mars 1799). A. E. Suisse CCCCLXIX, 194.

(2) *Perrochel à Talleyrand.* Lucerne, 21 pluviôse (8 février 1799). A. E. Suisse CCCCLXIX, 92.

de ses propres troupes ? « Vous voyés le dénue-
« ment où sont les troupes françaises parmi
« vous ; on vous oblige de livrer vos denrées
« pour les nourrir ; si le gouvernement français
« n'a pas les moyens de les alimenter, vous
« devés, à bien plus forte raison, vous attendre à
« être encore plus mal traités, vous qui n'aurés
« pas les mêmes droits à ses soins (1). »

Comme deuxième facteur de l'insuccès auquel aboutit la tentative de levée des six demi-brigades, rappelons enfin les intrigues actives des émissaires anglais ou autrichiens et des émigrés de l'ancien parti oligarchique. Ces intrigues rencontraient un terrain bien préparé dans les cantons du Centre et le Valais, mais elles s'étendaient aussi dans les campagnes des cantons patriotes, où elles ne laissaient pas que de porter des fruits. N'allait-on pas jusqu'à prétendre que les conscrits helvétiques participeraient à une

(1) Propos tenus en Suisse, rapportés dans une dépêche de *Perrochel à Talleyrand*. Lucerne, 2 nivôse (22 décembre 1798). A. E. Suisse CCCCLXVIII, 437.

campagne contre l'Angleterre ou même contre l'Égypte (1), perspective bien propre à effaroucher un peuple dont les préventions à l'égard du service au delà des mers duraient depuis trois siècles ? Le gouvernement français n'avait, sans doute, jamais songé à prendre pareille résolution ; mais ce qui ne fut point démenti, en revanche, c'est que, la campagne de Masséna une fois terminée, les troupes suisses eussent pu être employées utilement en Hollande et dans la Cisalpine (2).

Restait une dernière et décisive raison qui, à elle seule, eût suffi à expliquer le revirement complet de l'opinion publique en Helvétie — même dans les centres patriotes — à l'égard de la France. Il s'agissait des manques d'égard dont les représentants du Directoire exécutif et les chefs de l'armée d'occupation usaient trop souvent envers les populations, en général, et les

(1) *Acten der Helvet. Republ.* III, 120 (37).
(2) *Acten der Helvet. Republ.* III, 120 (5).

autorités locales, en particulier. La Harpe s'était librement ouvert sur ce sujet à Perrochel, au cours de l'une des premières audiences qu'il lui accorda (1). Mais ce dernier n'avait pas attendu qu'on signalât le mal à son attention pour se rendre compte de l'antinomie existant entre le texte de ses instructions et la brutalité des faits. Aucune modification sensible n'avait été apportée aux anciens errements. Le commissaire civil près l'armée d'Helvétie ne remplissait plus, il est vrai, de fonctions politiques, mais l'autorité du généralissime s'était accrue de ce chef, et Masséna n'était pas homme à la laisser péricliter entre ses mains.

Contrairement aux termes, cependant très explicites, de l'instruction de Perrochel, la rentrée des dernières sommes exigibles sur la contribution de guerre imposée en avril 1798 continuait à se poursuivre avec une extrême ri-

(1) *Perrochel à Talleyrand.* Lucerne, 1er frimaire, an VII (21 novembre 1798). A. E. Suisse CCCCLXVIII, 362.

gueur — cette situation anormale dura jusqu'à la fin de mars — (1). Et, de jour en jour, de nouvelles troupes arrivaient en Helvétie sans qu'aucune disposition fût prise, soit pour les recevoir, soit pour les y nourrir. L'esprit d'équité et d'humanité dont ne cessait de faire preuve le ministre plénipotentiaire se révoltait à l'ouïe de ces abus. Aussi ne pouvait-il admettre qu'un simple commissaire des guerres se permît « de donner des ordres à un agent du gouvernement suisse (2) ». « Il me semble, citoyen ministre, « — écrivait-il à Talleyrand — que le gouvernement français ne souffrirait pas que l'on « violât ainsi son territoire et le droit de souveraineté qui appartient à toute nation indépendante. Il est donc naturel de conclure qu'il « est temps de respecter ce mesme droit chez « les autres puissances et que son intérêt est de

(1) *Talleyrand à Perrochel.* 27 ventôse, an VII (17 mars 1799). A. E. Suisse CCCCLXIX, 200.

(2) *Perrochel à Talleyrand.* Lucerne, 1er frimaire, an VII (21 novembre 1798). A. E. Suisse CCCCLXVIII, 262.

« le faire (1). » Et, comme conclusion, Perrochel annonçait à son chef sa ferme intention de lui transmettre désormais « les plaintes de la « nation helvétique, lorsqu'il les trouverait fondées (2) ». Solennel mais dangereux engagement auquel il ne faillit point, bien qu'il dût briser sa carrière !

(1) *Perrochel à Talleyrand.* Lucerne, 1er frimaire, an VII. (21 novembre 1798). A. E. Suisse CCCCLXVIII, 262.
(2) Ibidem.

V

Le Directoire français exige du Directoire helvétique l'exécution intégrale de la convention du 30 novembre. — Démarches faites par Perrochel à cette fin. — L'intérêt supérieur de la République maintient seul l'accord entre le ministre plénipotentiaire et le généralissime sur les questions essentielles. — Le Directoire helvétique décrète une levée de 20,000 hommes d'« élite », puis la conscription forcée. — Peu de succès de ces deux mesures. — Les Conseils helvétiques renoncent à déclarer la guerre à l'empereur.

Au total, il n'y avait pas deux opinions au sein du gouvernement français quant à la direction générale à imprimer aux affaires d'Helvétie. On était unanime à reconnaître la nécessité de la coopération de troupes suisses aux plans de défense élaborés par Masséna. On l'était moins au sujet des moyens à employer pour atteindre ce résultat. La Revellière-Lépeaux et le ministre des Affaires Étrangères partageaient les vues de Perrochel, tandis que la majorité des Directeurs et le ministre de la guerre inclinaient à exiger l'exécution intégrale et immédiate de la convention militaire du 30 novembre. Le ministre plénipotentiaire reçut l'ordre d'agir dans ce sens. Il fut chargé de demander au Directoire de Lucerne l'appui formel de la République helvétique en vue des opérations militaires en cours de préparation (1), et de lui faire observer que la Suisse ne pouvait prétendre à conserver sa neutralité, alors que son territoire allait être envahi par les Autrichiens. Perrochel s'acquitta de ce devoir le 8 mars (2). Sa lettre à l'autorité helvétique est un modèle de fermeté. Aussi bien les menaces condition-

(1) *Perrochel à Talleyrand.* Lucerne 21 pluviôse an VII (3 février 1799). A. E. Suisse CCCCLXIX, 92.

(2) *Perrochel au Directoire helvétique.* Lucerne, 18 ventôse (8 mars 1799). A. E. Suisse CCCCLXIX, 62.

nelles qu'elle renferme sont présentées sous une forme si courtoise qu'elles n'auraient su blesser ceux auxquels elles s'adressaient. Après avoir constaté, d'une part, que la France « obligée de faire face à tant de puissances réu- « nies contre elle et les républiques qu'elle s'est « engagée à défendre » était en droit de compter sur le concours de celles-ci ; d'autre part, que la tentative de recrutement des six demi-brigades auxiliaires aboutissait, en somme, à un assez piteux échec, Perrochel était amené à rechercher la « cause de cette lenteur ». « Est- « elle dans le peu de zèle de ceux qui sont « chargés de la levée de ces dix-huit mille « hommes ? Ou bien faut-il l'attribuer à la « répugnance qu'éprouvent les Helvétiens et à « leur peu d'envie de faire cause commune « avec les Français ? Si cette dernière supposi- « tion était fondée, il n'y a pas de doute que « le gouvernement français, revenu de son « erreur à l'égard des sentiments de la nation « helvétique, n'embrassât tôt ou tard un sys-

« tème opposé à celui qu'il s'est plu à former « jusqu'à ce jour et qu'il n'en adoptât un « autre plus conforme à ses intérêts et à sa « dignité. Dans ce cas encore, le Directoire « de la République Française ne manquerait « pas d'exiger la stricte exécution du traité « d'alliance, et par conséquent d'obliger le « gouvernement helvétique à requérir les se- « cours de la France. Cette demande serait « légitime et fondée sur le danger imminent « qui menace l'Helvétie, dont les frontières « sont environnées de toute part et au mo- « ment d'être envahies par les troupes de « l'empereur. En vain prétendrait-on que ce « danger n'est pas imminent et que la nation « helvétique n'étant pas directement en guerre « avec l'empereur, elle peut conserver une « sorte de neutralité, soit en ne requérant pas « les secours de la France, soit en ne lui four- « nissant pas ceux qu'elle demande. » (1)

(1) *Perrochel au Directoire helvétique.* Lucerne, 18 ventôse (8 mars 1799). A. E. Suisse CCCCLXIX, 162.

Comme conclusion, et supposé que les enrôlements volontaires, devenus un peu plus actifs à la suite des victoires de Masséna dans la vallée du Rhin et de celles de Lecourbe en Engadine (1), eussent à subir un nouveau temps d'arrêt, le ministre plénipotentiaire suggérait au gouvernement suisse l'idée de recourir à la conscription forcée. Cette mesure était, à son avis, la seule propre à détourner le Directoire français de sa résolution de dénoncer la convention du 30 novembre et d'exiger la stricte exécution de toutes les clauses du traité d'alliance (2).

A cette époque, — la question des réquisitions militaires réservée — l'entente du ministre plénipotentiaire avec le généralissime était parfaite. Celui-là employait les moyens les plus capables de seconder les opérations de celui-ci (3), et Masséna recourait à Perrochel

(1) *Acten der Helvet. Republik* III, 423 (47).

(2) *Perrochel au Directoire helvétique.* 8 mars.

(3) *Perrochel à Talleyrand.* Lucerne, 11 pluviôse (30 janvier 1799). A. E. Suisse CCCCLXIX, 64.

toutes les fois qu'il s'agissait d'obtenir du gouvernement suisse des mesures spéciales destinées, soit à faciliter l'exécution du blocus contre les Grisons ou l'entretien des troupes de la République dans ce pays, soit à accorder des subventions aux pamphlétaires du parti patriote, subventions qui, dans l'état précaire des finances helvétiques, représentaient bien, au dire de Perrochel, « le denier de la veuve » (1).

Admirateur enthousiaste des dispositions stratégiques arrêtées par le généralissime, le ministre plénipotentiaire n'omettait aucune occasion d'assurer leur complet effet (2). Il n'avait pas dépendu de lui que les cinq régiments suisses, jadis au service du roi de Sardaigne et maintenus, dès lors, sous les ordres

(1) *Perrochel à Talleyrand.* Lucerne, 11 pluviôse, 11 ventôse, 9 germinal, 23 floréal (30 janvier, 2 et 29 mars, 12 mai). *Talleyrand à Perrochel,* 23 pluviôse (11 février). *Masséna à Perrochel.* Zurich, 10 ventôse (1er mars). A. E. Suisse CCCCLXIX, 64, 99, 147, 149, 232. CCCCLXX, 43.

(2) *Perrochel à Talleyrand.* Lucerne, 25 et 27 ventôse, an VII (15 et 17 mars). A. E. Suisse CCCCLXIX, 194, 201.

du général en chef de l'armée d'Italie, ne fussent attribués à l'armée d'Helvétie (1). Enfin, si ses négociations avec Kosciusko, en vue de la formation d'une légion polonaise, n'avaient pas eu meilleur succès, la faute en était encore à l'insuffisance des ressources mises à sa disposition par le département de la Guerre (2).

Sous la pression des circonstances, le Directoire helvétique s'était résolu à décréter des mesures énergiques pour mieux affirmer sa parfaite entente avec le Directoire français. Il avait d'autant plus d'intérêt à agir ainsi, que ses ordres étaient, de jour en jour, moins obéis par une notable partie de la population. Convaincu, au bout de quelques semaines, des difficultés que rencontrerait le recrutement des

(1) *Perrochel à Talleyrand*, 27 ventôse an VII. — *Acten der Helvet. Republik* III, 101.

(2) *Perrochel à Talleyrand*. Lucerne, 29 germinal (18 avril), 7 floréal (26 avril). Berne, 8 messidor (27 juin). *Talleyrand à Perrochel*, 22 germinal (11 avril), 11 floréal (1er mai), 1er messidor (19 juin). *Kosciusko au ministre de la guerre* Paris, 27 prairial, an VII (11 juin). A. E. Suisse CCCCLXIX, 279, 301, 334, 337, CCCCLXX, 134, 160, 196.

six demi-brigades auxiliaires, il avait, en vertu de ses pouvoirs illimités, décidé de lever 20,000 hommes d'« élite » destinés à assurer la tranquillité du pays à l'intérieur et à contribuer à sa défense sur la ligne du Rhin (1). Mais, outre que dans les cantons du Centre, cette mesure rencontrait une hostilité manifeste, le concours de tous les patriotes, sur lequel croyaient pouvoir compter les Directeurs, leur fit en grande partie défaut. C'est ainsi qu'à Bâle seulement, sur vingt officiers nommés, douze offrirent leur démission aussitôt après la réception de leur brevet (2). Il n'y avait, dès lors, plus à hésiter. L'existence même du gouvernement helvétique était en jeu. La conscription forcée fut résolue, et cette mesure étendue bientôt au recrutement des demi-brigades auxiliaires. De prime abord, six mille hommes furent mis à la

(1) *Acten der Helvet. Republik* III, 335, 402 (1).

(2) *Perrochel à Talleyrand*. Lucerne, 21 et 25 pluviôse (8 et 13 février). Suisse CCCCLXIX, 92, 102. — *Perrochel au Dir. Helvet.* 18 ventôse (8 mars). Ibid. p. 261.

disposition du général Nouvion, chargé par Masséna d'assurer la tranquillité du pays (1). Mais, à l'exception des cantons du Léman, de Zurich et de quelques districts de celui de Saint-Gall, la majorité des États du Corps helvétique ne fournit qu'à regret son contingent ou le refusa tout net (2). Une fois lancé dans la voie des mesures énergiques que lui dictait son attachement intéressé au triomphe de la cause française, le Directoire de Lucerne voulut aller plus loin et proposa de déclarer la guerre à l'empereur. Sans doute, il eût pu prendre cette décision à lui seul — ses pouvoirs l'y autorisaient, — (3) mais il tint à s'assurer du consentement du Corps législatif. Hésitation louable, car celui-ci, peu disposé à se charger

(1) *Perrochel à Talleyrand.* Lucerne, 9 germinal et 1er floréal (29 mars et 20 avril). A. E. Suisse CCCCLXIX, 233, 303.

(2) *Perrochel à Talleyrand.* Lucerne, 3 floréal (22 avril). A. E. Suisse CCCCLXIX, 317.

(3) *Perrochel à Talleyrand.* Lucerne, 9 germinal (29 mars) A. E. Suisse CCCCLXIX, 233.

d'une responsabilité qu'il n'était pas tenu d'encourir, fit échouer ce dessein par ses atermoiements (1).

(1) *Perrochel à Talleyrand.* Lucerne, 9 germinal et 3 floreal. A. E. Suisse CCCCLXIX, 233 et 317.
Acten der Helvet. Republik IV, 20.

VI

Impopularité croissante du Directoire helvétique. — Situation précaire des troupes françaises en Helvétie. — Germes de soulèvements. — La majorité du peuple suisse nettement opposée au nouvel ordre de choses. — Mesures énergiques arrêtées par Masséna et le Directoire helvétique. — L'insurrection éclate dans la Suisse orientale. — Répression difficile. — Le mouvement révolutionnaire gagne Fribourg, l'Oberland bernois et le Haut-Valais.

L'impopularité du Directoire helvétique — partagée, d'ailleurs, par tout ce qui, de près ou de loin, tenait aux administrations françaises en Suisse — datait, on peut le dire, de son entrée en fonctions. En octobre 1798, quelques jours à peine avant la venue de Perrochel à Lucerne, une sédition avait éclaté dans les districts de Langenthal et de Wangen (1). Schauenbourg, dont les Directeurs réclamèrent aussitôt l'intervention, y dépêcha le général Lorge. Bien que la fermentation des esprits fût assez vive, la soumission des révoltés ne se fit pas attendre (2). Mais, déjà alors, on exprimait l'avis que « si les Français avaient des revers... « nul ne pourrait répondre des conséquen- « ces (3) ». « Notre Suisse est tellement fa- « tiguée par le passage des troupes et l'insi- « gne friponnerie des fournisseurs — écri- « vait-on à la même date — que si les Français « avaient quelque grand échec, on crain- « drait sérieusement pour eux » (4). Dès le mois suivant, Masséna, arrivant au siège de son commandement, s'empressait d'attirer toute l'attention du gouvernement helvétique

(1) *Acten der Helvet. Republik* III, 147.

(2) Ibid. III, 82 (1).

(3) *La Harpe à Zeltner.* Lucerne, 13 octobre 1798. *Acten der Helvetik*, III, 1 (86a).

(4) Ibid. III, 1.(86b).

sur un « projet liberticide de soulever les habi- « tants des montagnes de la Suisse, au moment « de la reprise des hostilités » et de créer dans la région des lacs alpestres une « nouvelle Vendée » (1).

Les germes d'insurrection, étouffés durant les mois d'hiver, reprirent vie au début du printemps (2). La nouvelle de l'assaut donné à Feldkirch par les Français n'avait eu qu'un écho assez bref en Helvétie. En revanche, si l'approche, non contestée, d'importantes forces autrichiennes autorisait toutes les espérances dans le camp de l'opposition, le silence gardé par les généraux français et certaines missives émanées des préfets nationaux de Bâle et de Schaffhouse occasionnaient de légitimes appréhensions parmi les patriotes (3). On ne son-

(1) *La Harpe à Zeltner*. Lucerne, 13 octobre 1798 *(Acten der Helvetik* III, 1 (154a.b)

(2) *Perrochel à Talleyrand*. Lucerne, 11 germinal (31 mars). A E. Suisse CCCCLXIX, 243.

(3) *Perrochel à Talleyrand*. Lucerne, 7 germinal (27 mars). A. E. Suisse CCCCLXIX, 223.

geait pas à nier que, tandis que Masséna observait les progrès des Autrichiens du côté de Schaffhouse, Jourdan, battu par l'archiduc Charles, se retirait sur Kehl par la vallée de la Kinzig (1).

Il est vrai que les succès obtenus par Moreau en Italie allaient avoir pour résultat de contraindre le généralissime autrichien à acheminer de nouvelles troupes vers le Tyrol. Ce retard imprévu, apporté à l'invasion de l'Helvétie par les forces impériales, fit échouer le plan concerté au sein des comités anglo-autrichiens de provoquer un soulèvement, à jour fixe, parmi tous les cantons partisans des anciennes institutions. C'était bien là ce que redoutait Perrochel, lorqu'il écrivait à Talleyrand, le 31 mars : « Il est à craindre que si nos armées ne reprennent pas l'avantage, l'Helvétie « ne devienne bientôt un théâtre funeste aux « Français (2) ».

(1) *Perrochel à Talleyrand.* Lucerne, 13 et 14 germinal (2 et 3 avril), A. E. Suisse CCCCLXIX, 250.

(2) A. E. Suisse CCCCLXIX, 243.

On reconnaissait donc enfin — et cet aveu tardif venait du ministre plénipotentiaire lui-même — que « l'immense majorité des Helvé-« tiens était contraire au nouvel ordre de « choses et qu'ils ne cesseraient de profiter de « toutes les circonstances qui pourraient secon-« der leur dessein de le renverser. Et comme « ce sont les armes de la France qui ont éta-« bli la forme du gouvernement actuel, il en « résulte, à son égard, une indisposition dans « les esprits très préjudiciable à ses intérêts... « Il est, sans doute, amer pour la France de ne « rencontrer chez un peuple allié que des « sentiments défavorables et même hostiles, « mais ils tiennent à la nature des hommes « et à cette erreur, dans laquelle ils sont, qu'ils « ont perdu leur liberté sous le gouvernement « actuel. Le fanatisme leur fait voir aussi la « religion détruite, et ces deux motifs sont « capables de porter les Helvétiens aux excès « de la fureur et de la vengeance (1) ». Ils

(1) *Perrochel à Talleyrand.* Lucerne, 1er et 16 mai (11 et

les y portèrent, en effet. Le 30 mars, deux Français étaient assassinés à Olten (1) ; ailleurs, dans la Suisse orientale, des soldats isolés de leur corps devenaient l'objet de sévices graves de la part des paysans. Prévenu de ces excès, le général en chef adressa, de Saint-Gall, au peuple suisse, le 3 avril, une proclamation dans laquelle il déclarait que « dès ce moment, « il rendait responsables les communes des « événements, de quelque nature qu'ils fussent, « qui se passeraient sur leur territoire contre « les Français » (2). A son tour, le Directoire helvétique prit des dispositions nouvelles en vue d'assurer l'exécution de ses ordres à l'intérieur et de seconder Masséna dans sa défense de la patrie. Tout en continuant à protester

27 floréa)l. A. E. Suisse CCCCLXIX, 339. CCCCLXX, 58.

(1) *Perrochel à Talleyrand.* Lucerne, 11 germinal (31 mars). A. E. Suisse CCCCLXIX, 243.

(2) *Acten der Helvetik* IV, n° 14. — *Meyer von Knonau.* Die kritischen Tage des Gebirgskampfes im Coalitionskriege, 1799 (Zurich 1887). — *Bousson de Mairet,* Éloge historique de Lecourbe (Paris, 1854), p. 110 et sqq.

contre les réquisitions militaires imposées à leurs compatriotes, Laharpe et ses collègues mirent à la disposition du généralissime quelques milliers d'hommes qui furent échelonnés sur la rive gauche du Rhin, de Schaffhouse à Constance (1) ; ils obtinrent, en outre, des Conseils que la peine de mort fût décrétée contre ceux qui refuseraient d'obtempérer aux ordres du gouvernement ou qui, par leurs écrits ou leurs discours, entraveraient sa marche — tous les délinquants devant être jugés militairement (2). — Au total, ces mesures équivalaient à la proclamation de l'état de siège.

Malgré la présence sur le sol helvétique de 40 ou 50,000 hommes de troupes françaises (3), l'insurrection, préparée de longue main, encouragée par le voisinage des Autrichiens, les

(1) *Perrochel à Talleyrand.* Lucerne, 9, 11 et 13 germinal (29, 31 mars et 2 avril). A. E. Suisse CCCCLXIX, 233, 243, 250.

(2) *Perrochel à Talleyrand,* 31 mars.

(3) 38,000 hommes dans l'Helvétie proprement dite ; 24,000 hommes disséminés dans les Grisons et la Valteline. Cf. *S. Galitzin,* op cit., t. II (1re partie), p. 240.

défaites répétées de Scherer en Italie et la formation contre la République d'une coalition dans laquelle entraient l'Angleterre, l'Autriche, une partie de l'Empire, Naples, le Portugal, la Turquie et les États barbaresques, avait de grandes chances d'aboutir. Ce qui lui manqua, dès le début, ce fut la présence d'un chef habile dont l'autorité eût été acceptée par tous ceux que lassait le joug français. Privée d'une direction unique, elle éparpilla son effort dans une lutte grandiose, certes, mais forcément stérile.

Ce fut des cantons orientaux que partit l'étincelle qui devait provoquer l'embrasement de l'Helvétie. Vers le 25 mars, un germe d'insurrection se manifesta dans plusieurs parties du ci-devant État d'Appenzell. Trois ou quatre mille hommes de troupes, dépêchés depuis Zurich, suffirent à l'étouffer (1). Presque au même temps, les agents du Directoire découvraient, dans le canton de la Linth, un complot plus sé-

(1) *Perrochel à Talleyrand.* Lucerne, 7 germinal (27 mars). A. E. Suisse CCCCLXIX, 223.

rieux, dont l'explosion devait coïncider avec la nouvelle du premier revers subi par les Français aux Grisons (1). Bien que le chef de la conspiration eût été arrêté et transféré à Bâle, des troubles violents éclatèrent à Naefels, à Mollis, à Glaris, où douze compagnies de grenadiers français entrèrent néanmoins, sans coup férir, le 3 avril (2). « Ces mouvements alternatifs et ir- « réguliers prouvent jusqu'à l'évidence — écri- « vait Perrochel à Talleyrand — qu'il existe un « plan combiné pour faire soulever toute l'Hel- « vétie. » (3)

Plus que jamais, le Directoire de Lucerne était résolu à comprimer les révoltés par la force. (4) Dès les premiers jours d'avril, on

(1) *Perrochel à Talleyrand.* Lucerne, 7 germinal (27 mars). A. E. Suisse CCCCLXIX, 223.

(2) *Masséna au ministre de la guerre.* St-Gall, 2 avril. (Arch. de la Guerre. Armée d'Helvétie, avril 1799). — *Acten der Helvetik* IV, n° 3 (1, 7b).

(3) *Perrochel à Talleyrand.* Lucerne, 14 germinal (3 avril). A. E. Suisse CCCCLXIX, 251.

(4) *Perrochel à Talleyrand.* Lucerne, 15 germinal an VII. A. E. Suisse CCCCLXIX, 255.

dressa des listes de proscription dans chaque canton. Les personnages connus par leur attachement à l'ancien ordre de choses furent saisis comme otages, emprisonnés à Aarbourg et transférés, après maintes vicissitudes, non pas à Huningue, ainsi que le gouvernement helvétique l'avait demandé tout d'abord, mais dans le fort de Saint-André en Franche-Comté. (1) De plus, un certain nombre d'insurgés étaient enlevés à leurs villages et réunis, sous bonne garde, dans les lieux de dépôt où se formaient les six demi-brigades auxiliaires. « Dès qu'ils « seront dépaysés et rendus à eux-mêmes — « écrivait Perrochel à son chef — je pense « qu'il sera facile d'en faire de bons soldats ; « cette manière de recruter est un peu cavalière, « mais elle est nécessaire et avantageuse, sous « plusieurs rapports. » (2)

(1) *Perrochel à Talleyrand.* Lucerne, 13 et 15 germinal. A. E. Suisse CCCCLXIX, 250-255. — *Acten der Helvet. Republik* III, 5 (p. 54). IV, 4 (2. sqq).

(2) *Perrochel à Talleyrand*, 15 germinal.

Ces mesures draconiennes, loin de calmer l'effervescence populaire, imprimèrent une poussée nouvelle au mouvement insurrectionnel. Les paysans de Fribourg, les montagnards de l'Oberland bernois et du Haut-Valais se soulevèrent presque simultanément vers la fin de mars et le commencement d'avril. (5) De ces trois rebellions, les deux premières furent assez vite réprimées. La dernière, en revanche, coûta de réels sacrifices aux troupes chargées d'en avoir raison. Elle n'eut, on peut le dire, d'égale en intensité que celle à laquelle se préparaient déjà les pâtres de la Suisse primitive.

(1) *Acten der Helvetik* IV, 33 (1, 136) 53.

VII

Le Directoire helvétique invoque l'appui des armes françaises. — Combat de Russwyl. — L'insurrection éclate dans la Suisse centrale. — Incendie d'Altorf. — Soulèvement d'Unterwalden. — Vincent Schmied lève l'étendard de la révolte à Uri. — Combats d'Attinghausen et d'Erstfelden. — Désastres subis par les Français à Schwytz et à Brunnen. — Le soulèvement s'étend à Zoug. — Nouvion impuissant à triompher des rebelles. — Campagne de Soult dans les petits cantons. — Soumission de Schwytz. — Résistance héroïque des pâtres d'Uri et d'Unterwalden. — Ils sont écrasés. — Mouvement insurrectionnel dans la Suisse italienne. — Soult rejoint Lecourbe dans le massif du Gothard. — Opérations militaires dans les Ligues Grises et le Valais soulevés.

Renseigné, au jour le jour, sur les progrès de l'insurrection, le Directoire helvétique décrétait avec une incontestable énergie toutes les mesures propres à circonscrire le mal. C'est ainsi que 1500 hommes, levés par ses soins, venaient de prendre garnison dans Lucerne afin d'y protéger les membres du gouvernement. (1) Ceux-ci, néanmoins, se trouvaient dans une situation fort critique. Leur autorité, très faible, très restreinte, était à peine reconnue par un tiers de la population. Sans doute, la proclamation de l'archiduc Charles aux habitants de la Suisse (30 mars) et l'annonce de l'occupation de Schaffhouse par les Autrichiens, suivie, à quinze jours d'intervalle, de la confirmation de la défaite infligée par les Austro-Russes au général Moreau à Cassano (27 avril), ne produisirent point en Helvétie les effets désastreux que l'on redoutait. Toutefois, les troupes d'élite, encouragées par le refus du Corps législatif d'assumer la responsabilité d'une déclaration de guerre à l'Autriche, menaçaient de passer à

(1) *Acten der Helvetik* IV, 6 (1).

l'ennemi, ou, à tout le moins, de se débander au moment le plus inopportun. (1)

Une première alerte eut lieu à Lucerne, le 11 avril au matin, causée par la nouvelle que des insurgés des communes environnantes se disposaient à attaquer cette ville, afin de protester, à leur manière, contre l'arrestation des otages. Le Directoire fit battre la générale et les troupes patriotes se préparèrent à la résistance. (2) Mais, dès le soir de ce même jour, elles prenaient l'offensive, au nombre de 1200 hommes, et, le lendemain, dispersaient à Russwyl les paysans soulevés (3). Ce n'était qu'un répit. En effet, la révolution grondait déjà dans le canton des *Waldstætten* où les communes de Seelisberg et de Seedorf refusaient obéissance aux décisions de l'autorité centrale. (4) « Les malveillants y

(1) *Perrochel à Talleyrand*. Lucerne, 21 germinal (10 avril). A. E. Suisse CCCCLXIX, 270.

(2) *Acten der Helvetik* IV, 45 (1. sqq).

(3) *Perrochel à Talleyrand*. Lucerne, 27 germinal (16 avril). A. E. Suisse CCCCLXIX, 299.

(4) *Acten der Helvetik* IV, 99 (1).

« marchent la tête très haute depuis la retraite « de l'armée du Danube — écrivait Masséna au « ministre de la Guerre — et disent assez pu- « bliquement que le prince Charles ne tardera « pas d'entrer en Suisse. » (1) Or ces « mal-veillants » ne pouvaient pardonner aux habitants d'Altorf les sympathies que ceux-ci nourrissaient à l'égard de la nouvelle Constitution. Ils se vengèrent d'eux, de la manière la plus cruelle et la plus perfide. Le 5 avril au soir, le feu prenait au milieu de ce bourg « l'un des plus beaux de la Suisse » et, dans l'espace de six heures, le consumait presque totalement. A peine une quinzaine de bâtiments échappèrent-ils aux flammes. Dix-sept cents personnes se trouvaient sans abri. Fort heureusement, deux compagnies françaises (2) tenaient garnison dans Altorf. Les hommes qui les composaient se signalèrent par leur courage — en sauvant

(1) *Masséna au ministre de la Guerre.* Saint-Gall, 2 avril 1799, (Arch. Guerre. Armée d'Helvétie. Avril 1799).

(2) Et non *quatre (contra Gunther)*, op. cit. p. 76.

ce qui pouvait être sauvé — et par leur humanité envers les incendiés. « Contraste bien frappant, écrit Perrochel, avec le cruel « sang-froid des habitants de la vallée qui « sont restés tranquils spectateurs près « d'un tableau aussi effrayant et si capable « d'exciter l'empressement et les secours « que l'on doit à ses semblables, à ses com- « patriotes, dans des circonstances pareilles. On « a vu ces gens dénaturés sourire au malheur « d'Altorff et témoigner même, au bruit de « quelques instrumens, la joie qu'ils en res- « sentoient. » (1) Ce que le ministre plénipotentiaire néglige d'ajouter, c'est que tous les paysans, spectateurs de ce lamentable sinistre, ne demeurèrent pas les bras croisés. Quelques-uns poussèrent le cynisme jusqu'à allumer leurs pipes aux cendres brûlantes des édifices consumés. D'autres consentirent, il est vrai, à participer au sauvetage, mais n'hé-

(1) *Perrochel à Talleyrand.* Lucerne, 21 germinal (10 avril) A. E. Suisse CCCCLXIX, 269.
Acten der Helvetik IV, 17 (10a) 99 (8).

sitèrent pas à s'approprier les objets arrachés des flammes. (1)

Trois jours ne s'étaient pas écoulés depuis l'incendie d'Altorf, qu'un mouvement révolutionnaire éclatait à Stans et gagnait en quelques heures tout l'ancien canton d'Unterwalden. Cette levée de boucliers était-elle prématurée ? Toujours est-il qu'elle tourna court. Les rebelles attendirent, avant de marcher de l'avant, que leurs confédérés des petits cantons se fussent à leur tour déclarés. (2) Leur patience, au surplus, ne devait pas être soumise à une trop longue épreuve. Comme la tranquillité paraissait plus menacée à Schwytz que partout ailleurs dans le canton des *Waldsttæten*, et que l'on craignait pour cette ville le sort d'Altorf, une partie de la garnison française d'Uri s'y était portée. (3) Les Uranais profitèrent de

(1) *Monnard.* Geschichte der helvet. Revolution V, 253. — *Acten der Helvetik* IV, 36 (5a).

(2) *Acten der Helvetik* IV, 99 (11, 13, 15a).

(3) Ibid. IV, 99 (7).

cette circonstance et de l'arrivée au milieu d'eux de Vincent Schmied, leur chef reconnu, pour lever l'étendard de la révolte contre le gouvernement des patriotes. Le 25 avril, l'insurrection battait son plein entre Fluelen et le Gothard (1). Le lendemain 26, les troupes dont disposait l'autorité centrale étaient attaquées à Attinghausen et Erstfelden par 600 paysans et repoussées jusqu'à l'embouchure de la Reuss dans le lac des Quatre-Cantons. (2) D'autre part, les Français, assaillis là où ils ne se trouvaient pas en force, étaient massacrés. La situation devenait critique. L'on se demandait, non sans raison, si la révolution suisse n'allait pas être plus grave que celle du Piémont. Ce fut en cet instant précis que se produisit l'éclat que l'on redoutait du côté de Schwytz. (3) J'emprunte à une dépêche adres-

(1) *Acten der Helvetik* IV, 99 (22a).
(2) Ibid. IV, 99 (22b).
(3) Ibid. IV, 99 (26a).

sée par Perrochel à Talleyrand le récit de ce dramatique événement :

« Depuis quelque temps, il y avait dans « cette ville trois compagnies de la 76e demi- « brigade ; quoique rien n'annonçât l'approche « d'un soulèvement, le commandant de cette « troupe se gardoit militairement. Le 7, au « soir, tout paroissoit tranquille, lorsque le 8, « à 3 heures du matin, un corps de paysans, « d'environ 1500 hommes, armés de fusils et « de massues férées, ont attaqué les petits « postes avancés des Français et les ont obligés « à une prompte retraite dans la ville, où la « générale a été battue aussitôt. Mais les in- « surgés sont entrés précipitament à Schwitz, « se sont emparés d'une église placée à l'ex- « trémité, ont sonné le tocsin et, tout à coup, « les paysans des environs sont accourus. Les « Français, rassemblés à la hâte, ont fait face à « l'ennemi dans les rues, mais, les forces étant « trop inégales, ils ne pouvoient que battre en « retraite et chercher à sortir d'une ville où

« ils avoient encore à essuyer le feu qui par-
« toit des maisons. Deux cents hommes sont
« parvenus, en effet, à sortir de Schwitz et à
« se porter vers Brunnen, mais, sur la route,
« ils ont été attaqués de nouveau par une co-
« lonne d'insurgés qui avoit filé sur ce point.
« Nos troupes se sont alors défendues avec
« beaucoup de courage et si elles ont suc-
« combé, c'est que la valeur quelquefois ne
« peut suppléer au petit nombre. Excepté 25
« ou 30 hommes, tous ces braves ont été tués
« ou faits prisonniers. Notre perte est considé-
« rable, et elle est d'autant plus affligeante,
« qu'elle est le fruit d'un complot abominable
« tramé par un peuple assassin et féroce qui a
« exercé, dit-on, sur les blessés une cruauté
« inouïe » (1).

De fait, il y avait quelque exagération dans le récit de ce désastre, tel que le transmettait

(1) *Perrochel à Talleyrand.* Lucerne, 11 floréal (1er mai) A. E. Suisse CCCCLXIX, 339.

Perrochel. Au total, la perte subie par les Français était de 30 à 40 tués, 40 blessés et 223 prisonniers (1). Mais l'effet moral produit par cette « vespre sicilienne » fut considérable et, dès le lendemain, les communes de Zoug, se soulevant à leur tour, joignaient leur contingent à celui des insurgés (2).

Cependant, la première effervescence passée, les chefs du mouvement tentèrent de tirer parti de l'avantage momentané qu'ils venaient de conquérir. Ils annoncèrent au Directoire helvétique qu'ils étaient prêts à déposer les armes, à la condition qu'on leur accordât, avec une pleine amnistie, le retrait des garnisons françaises de la Suisse primitive et l'abolition de la conscription forcée (3). La réponse du gouvernement central ne pouvait être et ne fut point celle qu'ils attendaient. Au premier

(1) *Acten der Helvetik,* IV, 99 (39. 50).

(2) *Perrochel à Talleyrand,* Lucerne, 11 floréal. — *Acten der Helv.,* IV, 99 (35a).

(3) *Acten der Helvetik,* IV, 99 (30).

avis du soulèvement, le général Nouvion avait donné l'ordre aux troupes qui venaient de réprimer la révolte de Glaris de se porter à Lucerne (1), où lui-même se rendit en toute hâte (2). Dès le 25 avril au soir, 1200 hommes prenaient, par la voie du lac, la direction des petits cantons (3), mais, à peine débarqués sur le territoire d'Unterwalden, ils eurent à subir une vive attaque de la part des insurgés et ne dépassèrent pas Beggenried. Encore ne purent-ils s'y maintenir. La nouvelle du désastre de Schwytz, parvenue sur ces entrefaites à Lucerne, engagea, en effet, Nouvion à les rappeler dans cette ville et à demander de puissants renforts à Masséna (4).

Ce fut à Soult qu'incomba la mission de réduire les rebelles de Zoug, d'Uri et de

(1) *Acten der Helvetik*, IV, 99 (3).

(2) *Perrochel à Talleyrand*. Lucerne, 3 floréal (22 avril) A. E. Suisse CCCCLXIX, 317.

(3) *Nouvion à Masséna*. Lucerne, 25 avril. (Arch. Guerre, armée d'Helvétie, avril). — *Mémoires de Masséna*, III, 181.

(4) *Perrochel à Talleyrand*, 11 floréal.

Schwytz. Il s'en acquitta avec fermeté et modération, tout à la fois. Le 30 avril au soir, le gouvernement provisoire de Schwytz, comprenant que toute résistance devenait impossible, demanda à traiter et délégua trois de ses membres à Lucerne. Les négociations furent brèves ; le temps pressait ; mais l'influence conciliatrice exercée par Perrochel porta ses fruits ; le 2 mai, Soult entrait sans résistance dans Schwytz et y délivrait les prisonniers français de l'affaire du 28 avril (1).

Plutôt que de capituler, le gros des insurgés s'était retiré sur le territoire d'Uri. Soult arrêta aussitôt ses dispositions en vue de les y attaquer. Toutefois, « le temps s'étant opposé « durant six jours à sa traversée sur le lac de « Lucerne » (2), il ne put reprendre que le 8

(1) *Perrochel à Talleyrand.* Lucerne, 13 et 15 floréal (2 et 4 mai). A. E. Suisse CCCCLXX, 13, 23. — *Acten der Helvetik* IV, 99 (45a), 141. — *Mémoires de Soult*, II, 65 sqq. — *Tillier*, Geschichte der Helvet. Republik, I, 285.

(2) *Masséna au Directoire exécutif*, Zurich, 10 mai. (Arch. Guerre.)

mai la suite de ses opérations. Deux bataillons, « dirigés par le Muotathal, devoient déboucher « sur Altdorff et tomber inopinément sur les « derrières des insurgés ». L'abondance des neiges empêcha cette partie du plan du général français d'être exécutée. En revanche, Nouvion réussit à faire occuper par ses troupes Seelisberg et Seewen. Ce premier succès obtenu, Soult s'embarque à Brunnen, le 8 mai à 3 heures du matin (1), avec 1200 hommes, escortés d'une chaloupe-canonnière montée de deux pièces, et d'un radeau portant un canon. « Aussitôt qu'il aperçoit la petite flotille de son « collègue, Nouvion fait attaquer les insurgés « entre Bawen et Seedorf, leur enlève coup « sur coup quatre retranchements et les pour- « suit dans les montagnes, d'où ils roulent sur « les attaquants des pierres énormes. » Mais

(1) Et non le 9. (*Contra* Revue militaire suisse, 1856, p. 228 et *Gunther*, p. 79.) — Cf. *Mémoires de Masséna*, III, 182. — *Mémoires de Soult*, II, 75. — *Perrochel à Talleyrand*. Lucerne, 10 mai 1799.

cette opération ne facilite que dans une faible mesure le débarquement de Soult. Pourvus de quatre petites pièces de canon, les rebelles, au nombre de près de trois mille, accueillent les Français par un feu terrible. Ceux-ci, sautant de leurs barques, les culbutent au pas de charge et les rejettent de Fluelen dans les ruines d'Altorf, où une nouvelle et plus chaude affaire s'engage aussitôt. Elle se termine par la déroute complète des gens d'Unterwalden et d'Uri, dont le chef Vincent Schmied trouve, dès le début de l'action, une mort glorieuse sur le champ de bataille (1).

Les revers subis par elle à Seedorf, à Fluelen, à Altorf, portaient sans doute un coup terrible à l'insurrection dans la Suisse primitive. Néanmoins les Français ne se sentaient point rassurés. Il résultait, en effet, de papiers

(1) *Perrochel à Talleyrand*, 21 floréal (10 mai 1799). A. E. Suisse CCCCLXX, 31. — *Masséna au Directoire exécutif*, Zurich, 10 mai. (Arch. Guerre.) — *Acten der Helvetik*, IV, 141 (9). — *Mémoires de Masséna*, III. 182, sqq.

saisis à Schwytz et à Arth, ainsi que d'une correspondance volumineuse trouvée dans les vêtements de Vincent Schmied, que le mouvement avait des ramifications étendues (1). Il s'agissait, tout d'abord, d'empêcher que les débris des bandes vaincues le 8 mai ne fussent rejoints par des contingents de rebelles venus des Grisons et du Valais. Mais il importait surtout aux Français d'arriver bons premiers au Pont-du-Diable et de couper ainsi toute communication entre les Autrichiens et les insurgés valaisans dont le chef, Perrig, entretenait de secrètes intelligences avec l'archiduc Charles (2). En conséquence, Soult, sans laisser de repos à ses troupes, tant françaises que suisses, les entraîne à sa suite dans la vallée de la Reuss, s'empare de Wasen le 10 mai au soir, après un combat acharné (3), culbute le

(1) *Perrochel à Talleyrand.* Lucerne, 19, 21 et 23 floréal (8, 10 et 12 mai). A. E. Suisse CCCCLXX, 29, 31, 43.

(2) *Perrochel à Talleyrand*, 23 floréal.

(3) *Acten der Helvetik*, IV, 141 (13) et non le 11 (*Mémoires de Soult*, II, 79.)

12, à Hospenthal, les rebelles qui sont rejetés vers Madran (1), et opère, le 16 (2), sa jonction avec Lecourbe, après avoir achevé la dispersion des insurgés de la Lévantine, pris entre lui et les troupes de son collègue. Celles-ci, en effet, contraintes d'abandonner la vallée de l'Inn, avaient marché à sa rencontre depuis Bellinzone (3), où elles étaient entrées à point pour conjurer une sédition sérieuse, motivée par la nouvelle de la défaite de Scherer devant Vérone (4).

Mais l'insurrection, domptée dans la Suisse primitive, redoublait d'intensité parmi les Ligues Grises et les dizains du Valais (5). Circonstance inquiétante, dans ce dernier pays, les rebelles combinaient leurs mouvements avec

(1) *Acten der Helvetik*, IV, 141 (18). — *Mémoires de Masséna*, III, 183.

(2) *Gunther*, p. 80.

(3) *Acten der Helvetik*, IV, 141 (21-34). — *Gunther*, 67 sqq.

(4) *Acten der Helvetik*, IV, 98 (8). — *Revue militaire suisse*, 1856, p. 262.

(5) *Perrochel à Talleyrand*. Lucerne, 27 floréal (16 mai). A. E. Suisse CCCCLXX, 58, 62.

ceux des troupes russes et autrichiennes. Maîtres du Gothard, où Ruby et Nouvion ne tardent pas à remplacer Soult, rappelé à Zurich, (1) et des cantons forestiers que Lecourbe surveillait depuis son quartier général d'Altorf (2), les Français pouvaient, du moins, couper les communications entre les hautes vallées du Rhin et du Rhône. Dans celle-ci, la lutte se continuait sanglante et incertaine. D'une part, les Haut-Valaisans, animés d'un patriotisme et d'un fanatisme également farouches, se défendaient avec une sauvage énergie dans leurs positions fortifiées, comptant toujours sur une victoire des Austro-Russes, dont la présence était signalée à Brigue. De l'autre, les Bas-Valaisans, faisant cause commune avec les troupes françaises et celles du Directoire helvétique, passaient — avec des succès divers (3)

(1) *Mémoires de Masséna*, III, 184. — *Acten der Helvetik*, IV, 141 (13).

(2) *Perrochel à Talleyrand*. Lucerne, 29 floréal (18 mai). Ibid. p. 63.

(3) *Masséna au Directoire*. Zurich, 16 mai (Arch. Guerre). — *Acten der Helvetik*, IV, 158 (1, 21) 242 (1).

— de l'offensive à la défensive, sous les ordres du divisionnaire Xaintrailles, que Masséna avait momentanément détourné de sa destination primitive, l'Italie, pour le diriger vers le Valais (1).

En Rhétie, enfin, où les adversaires du régime unitaire se trouvaient plus directement en contact avec les Autrichiens, une soudaine attaque avait été tentée contre le corps français d'occupation. Le 2 mai, 4000 paysans, réunis à Dissentis, descendaient vers Coire et anéantissaient, sur leur passage, tous les postes français disséminés le long de la route de l'Oberalp. Le lendemain 3, ils avaient déjà rejeté l'ennemi au delà d'Ems, lorsque celui-ci, enfin renforcé, fit subitement front et leur infligea, après un combat de quinze heures, une sanglante défaite. Affaiblis par la perte de quinze cents des leurs, les montagnards rhétiens se virent ramenés, l'épée dans les reins, jusqu'à

(1) *Mémoires de Masséna*, III, 205, 241. — *Revue militaire suisse*, 1856, p. 270. — *Gunther*, op. cit., p. 82.

Dissentis, où d'atroces cruautés furent commises, de part et d'autre (1).

(1) *Perrochel à Talleyrand.* Lucerne, 17 floréal (6 mai). A. E. Suisse CCCCLXX, 25.

Acten der Helvetik, IV, 116 (9a). — *Masséna au Directoire.* Zurich, 10 mai (Arch. Guerre).— *Mémoires de Masséna,* III, 186. — *C. de Moor,* Geschichte von Currätien, II, 1320-21. — *Gunther,* op. cit., p. 81.— *Genelin.* Die Kaempfe gegen die Franzosen in Graubünden, 1799, p. 20, 33 sqq.

VIII

Dispositions prises par Masséna pour faire face aux forces autrichiennes. — Il établit son quartier général à Bâle. — Positions respectives des belligérants, en avril. — Les Autrichiens occupent Schaffhouse et Églisau. — Leur attaque infructueuse contre les Grisons. — Masséna se décide à évacuer la Rhétie et à resserrer ses lignes. — Les Autrichiens dans la haute vallée du Rhin. — Plans stratégiques des deux états-majors. — Masséna se retire derrière la Tœss, puis derrière la Glatt. — Berne devient provisoirement le siège du gouvernement helvétique. — L'armée de Masséna « le dernier espoir de la France ». — Situation très précaire du généralissime français. — Les désertions augmentent parmi les troupes suisses auxiliaires. — État des esprits en Suisse. — Perrochel partisan de l'évacuation de ce pays. — Première bataille de Zurich. — Masséna évacue cette ville. — Positions occupées par les Français vers le commencement de juin.

« Ce sont des circonstances déplorables que « celles où l'on est obligé de verser le sang du « cultivateur », écrivait Talleyrand à Perrochel, à la date du 16 mai (1). Les scrupules tardifs du ci-devant évêque d'Autun ne devaient plus être de longue durée. Les émeutes intérieures étaient étouffées, ou peu s'en fallait. Dès lors, le généralissime n'allait plus avoir d'autre préoccupation que celle de tenir tête à l'archiduc Charles, dont l'inconcevable temporisation (2) venait de permettre à l'armée française d'assurer ses derrières et de porter tous ses effectifs valides aux frontières septentrionale et orientale de l'Helvétie.

Avec une activité fiévreuse, Masséna avait pris toutes les mesures propres à masquer à l'ennemi l'infériorité numérique des troupes

(1) A. E. Suisse CCCCLXX, p. 62.
(2) Cf. *Gunther*, op. cit., p. 65.

dont il disposait. Dès la fin de mars, il avait renforcé ses lignes de défense, au moyen d'un corps tiré des Grisons. Au même temps, il s'était entendu avec le Directoire helvétique, pour que, d'une part, les bataillons suisses d'élite gagnassent les points stratégiques confiés à leur garde et que, de l'autre, les ponts sur le Rhin entre Bâle et Constance fussent détruits à la première alerte (1).

Appelé, sur ces entrefaites, au commandement provisoire de l'armée du Danube, Masséna avait quitté Saint-Gall le 5 avril, laissant la direction de l'armée d'Helvétie au général Ménard, et s'était porté à Strasbourg (2) où il arriva le 9. Or, le 14 déjà, il établissait son quartier général à Bâle. Il n'était que temps, d'ailleurs. Au moment de son départ pour l'Alsace, ses troupes se trouvaient encore échelonnées sur une ligne dont les deux points extrêmes

(1) *Acten der Helvetik*, IV, 1 (15, 23, 31).

(2) *Masséna au Directoire*. Saint-Gall, 5 avril 1799 (Arch. Guerre). — *Mémoires de Masséna*, III, 149.

étaient Schaffhouse et Atzmoos. Trois demi-brigades occupaient la haute vallée du Rhin ; trois autres — sous Lecourbe — l'Engadine ; quatre mille hommes, commandés par Dessoles, campaient en Valteline (1). Mais, depuis lors, Dessoles avait dû battre en retraite, compromettant ainsi à la fois la gauche de l'armée d'Italie et la droite de celle d'Helvétie, cette dernière, découverte déjà sur sa gauche par suite de la retraite de Jourdan (2). Ce fut à cet instant que les Autrichiens, sortant de leur inaction, s'emparèrent de Schaffhouse et d'Églisau dont les ponts furent détruits (3). Mais ils ne songèrent point à tenter le passage de vive force. Aussi bien les Français étaient sur leurs gardes ; au lieu que trois semaines plus tôt,

(1) *Masséna au ministre de la Guerre.* Saint-Gall, 2 avril 1799. (Arch. Guerre).

(2) Cf. *Gunther,* op. cit., p. 63, sqq.

(3) *Perrochel à Talleyrand.* Lucerne, 25 germinal (14 avril). A. E. Suisse CCCCLXIX, 288. — *Masséna au ministre de la Guerre.* Bâle, 26 avril (Arch. Guerre). — *Acten der Helvetik,* IV, 50 (9) à 170 (4).

après Pfullendorf et Stockach, un coup de main sur la Suisse septentrionale aurait eu de grandes chances d'aboutir, la ligne du Rhin se trouvant alors dégarnie de troupes (1).

On se souvient que, en octobre 1798, le premier effort sérieux des armées autrichiennes s'était porté vers les Grisons. Il en fut de même au printemps de 1799. Tandis que la gauche française tenait en respect les ennemis en face de Schaffhouse, et que Lecourbe les battait dans l'Engadine (2), un gros de troupes impériales esquissait, le 1er mai, une attaque contre le Luciensteig, attaque combinée avec celle que les paysans de l'Oberalp tentaient le lendemain entre Coire et Reichenau. Mais la fortune ne se montra pas plus favorable aux réguliers autrichiens qu'aux insurgés grisons. Repoussés après une lutte acharnée, les pre-

(1) *Perrochel à Talleyrand.* Lucerne, 3 floréal (22 avril). A. E. Suisse CCCCLXIX, 317. — *Masséna au ministre de la Guerre.* Bâle, 18 avril (Arch. Guerre).

(2) *Masséna au ministre de la Guerre.* Zurich, 26 avril (Arch. Guerre).

miers perdirent deux mille hommes et fournirent au corps d'élite helvétique, placé près d'Atzmoos, sous les ordres de Suchet, l'occasion de se couvrir de gloire. « Engagés dans le Rhin « jusqu'à la ceinture, les soldats suisses firent « un feu terrible sur la cavalerie ennemie pour « la forcer à la retraite » (1).

Vainqueurs au Steig et dans l'Engadine, les Français n'en allaient pas moins être contraints d'évacuer la Rhétie. Masséna sentait, en effet, tout le poids de la responsabilité qui pesait sur lui. Confirmé dans les fonctions de général en chef des armées du Rhin, du Danube et d'Helvétie — ces deux dernières fusionnées, sous le nom d'armée du Danube, en vertu d'un arrêté pris le 21 avril et qui reçut son exécution le 29 du même mois (2), — Masséna avait, de fait, sous ses ordres toutes les troupes canton-

(1) *Perrochel à Talleyrand*, 19 floréal (8 mai). — *Chabran à Ménard.* Mayenfeld, 3 mai (Arch. Guerre). — *Acten der Helvetik*, IV, 134. — *Mémoires de Masséna*, III, 175 sqq. — *Mémoires de Roverea* (éd. Tavel, 1848), II, 131, sqq.

(2) Archives du ministère de la Guerre.

nées depuis Dusseldorf jusqu'à Bellinzone. Toutefois, c'était bien en Suisse qu'allait se jouer la suprême partie dont l'invasion de la France par les coalisés constituait l'enjeu. « L'Helvétie — écrivait le ministre de la Guerre « au généralissime — doit être considérée comme « une vaste place d'armes, placée au centre de « notre ligne. Sa possession entière nous est « indispensable et c'est de son enceinte que « doivent partir, au besoin, nos moyens de « renfort pour les armées latérales d'Italie et « du Rhin (1).

En présence de la gravité de la situation, Masséna n'hésita pas à transférer son quartier général de Bâle à Zurich (2 mai) (2). Les nouvelles d'Italie devenaient de plus en plus mauvaises. Moreau avait bien vaincu à Bassignano (12 mai), mais la citadelle de Milan était sur le point de capituler, et les forces

(1) 7 Sept. 1799. (Arch. Guerre.)

(2) *Masséna au ministre de la Guerre.* Bâle, 1er mai (Arch. Guerre).

coalisées se rapprochaient des Alpes. De plus, l'esprit public en Suisse à l'égard des occupants français ne s'améliorait pas (1). L'opposition de Schwytz et des anciens cantons forestiers demeurait irréconciliable et nécessitait l'immobilisation de plusieurs demi-brigades. Dans ces circonstances, le généralissime éprouva le besoin de resserrer et de restreindre ses lignes. Il demanda l'autorisation au Directoire d'abandonner les Grisons, la Valteline et les cantons italiens que les forces dont il disposait ne suffisaient plus à défendre (2). Mais il n'attendit pas que la réponse de Paris fût intervenue pour accélérer ce mouvement en arrière. En conséquence, Lecourbe, évacuant l'Engadine, arrivait à Bellinzone, y prévenait une sédition prête à éclater et rejoignait Soult au Gothard vers le milieu de mai (3). Au même

(1) *Masséna au Directoire.* Saint-Gall, 5 mai 1799 (Arch. Guerre).

(2) *Le ministre de la Guerre à Masséna.* 13 mai (Arch. Guerre). — *Mémoires de Masséna,* III, 194.

(3) *Masséna au Directoire.* Saint-Gall, 5 mai (Arch. Guerre).

temps, le gouvernement provisoire, établi aux Grisons sous la protection des baïonnettes de Ménard, se dissolvait (1). L'événement devait justifier les mesures de prévoyance prises par Masséna. Le 14 mai, une forte colonne autrichienne surprenait le Luciensteig et s'en emparait. Les Français perdirent dans cette affaire quinze cents hommes, dont soixante canonniers hâchés sur leurs pièces (2).

La perte du Steig contraignit Masséna à modifier ses lignes de défense. Nul doute en effet que l'invasion autrichienne ne fût à la porte de l'Helvétie et que l'archiduc Charles ne cherchât à tourner les positions du généralissime français. Déjà des patrouilles de hussards allemands poussaient des reconnaissances vers Sargans et Ragatz. D'autre part, les Austro-Russes s'établissaient à Brigue dans le

(1) *Acten der Helvetik*, IV, 116.

(2) *Masséna au Directoire*. Zurich, 16 mai (Guerre). — *Perrochel à Talleyrand*. Lucerne, 27 floréal (16 mai). A. E. Suisse CCCCLXX, 58. — *Acten der Helvetik*, IV, 116 (17a).

Valais, et l'ennemi occupait la vallée de Dissentis.

Le plan du prince autrichien apparaissait enfin dans toute sa clarté. Il consistait à entourer l'Helvétie et à contraindre Masséna à porter sa défense sur tous les points du cercle à la fois. Les forces impériales entrant en Suisse par le Valais et par le Klettgau comptaient bien opérer leur jonction sur la rive gauche de l'Aar et couper aux Français toute retraite vers les départements de l'Est (1). Et ce n'étaient ni l'armée du Bas-Rhin ni celle d'Italie qui eussent été en mesure de s'y opposer par d'utiles diversions. Dans ces circonstances critiques, Perrochel émettait l'avis que l'on renonçât à défendre la Suisse, pour se borner à couvrir la frontière française jusqu'à ce que les armées de la République fussent en état de reprendre l'offensive (2). Mais Masséna ne

(1) *Perrochel à Talleyrand.* Lucerne, 29 floréal (18 mai). A. E. Suisse CCCCLXX, 63.
(2) Ibid.

désespérait pas encore de « sauver l'Helvétie et la cause commune » (1). Afin de mieux résister aux Autrichiens qui, partagés en trois colonnes, pénétraient à Glaris, à Saint-Gall et en Thurgovie (2), il fit, dans la nuit du 20 au 21 mai, replier toute son armée derrière la Töss, les contingents suisses se trouvant en ligne de réserve (3). Bien qu'il n'eût pas perdu l'espoir de se maintenir dans cette position, il songeait déjà à la nécessité d'évacuer Zurich. Quelques combats heureux livrés, le 22 au soir, entre Coblentz et Kaiserstuhl où une colonne autrichienne d'avant-garde fut écrasée (4), le 25, à Altikon, à Andelfingen (5)

(1) *Perrochel à Talleyrand.* Lucerne, 1er prairial (21 mai). A. E. Suisse CCCCLXX, 67.

(2) *Perrochel à Talleyrand.* Lucerne, 3 prairial (28 mai). A. E. Suisse CCCCLXX, 73. — *S. Galitzin* op. cit. II (1re partie), p. 241.

(3) *Acten der Helvetik,* IV, 182 (1, 4, 8). — *Revue militaire suisse,* 1857, p. 22.

(4) *Masséna au Directoire.* Zurich, 24 mai (Guerre). — *Acten der Helvetik,* IV, 182 (21a). — *Mémoires de Masséna,* III, 214.

(5) *Masséna au Directoire.* Zurich, 26 mai (Guerre). — *Revue militaire suisse,* 1857, p. 27. — *Mémoires de Masséna,* III, 216.

et à Frauenfeld où les troupes françaises et suisses contribuèrent, avec une bravoure égale, à repousser l'ennemi derrière la Thur (1); une affaire longue, mais favorable en somme, engagée à Winterthur, le lendemain et le surlendemain (26-27 mai), (2) ne modifièrent pas les desseins du généralissime.

L'armée de Masséna était des deux tiers plus faible que celle de l'archiduc et diminuait à vue d'œil, tandis que l'ennemi se renforçait journellement (3). Malgré cette infériorité manifeste, elle défendait le terrain pied à pied. Cependant, le 28 mai, après un engagement assez vif à Rorbas (4), elle fut contrainte de repasser la Glatt (5). Ce jour-là, le généralis-

(1) *Acten der Helvetik,* IV, 182 (26, 29). — *Das Treffen von Frauenfeld,* 25 mai 1799 (Schweiz. milit. Zeitung, V). — *Mémoires de Masséna,* III, 219.

(2) *Perrochel à Talleyrand.* Lucerne, 25 mai (5 prairial). A. E. Suisse CCCCLXX, 76. — *Masséna au Directoire.* Zurich, 28 mai (Guerre).

(3) *Masséna au Directoire.* Zurich, 29 mai (Guerre). — *Begos à Zeltner.* Paris, 14 juin (Ibid.).

(4) *Masséna au Directoire.* Zurich, 29 mai (Guerre).

(5) Ibid. — *Acten der Helvetik,* IV, 182 (50b).

sime fit informer le Directoire helvétique qu'il ne le jugeait plus en sûreté à Lucerne et que la prudence exigeait qu'il se retirât à Berne avec toutes les autorités constituées du pays (1). Il faisait, en outre, offrir au ministre plénipotentiaire de le recevoir à son quartier général et de veiller à sa sécurité personnelle, mesure prévoyante amplement justifiée par l'attentat tout récent de Rastadt (2). L'hésitation n'était plus permise. Le Directoire prit, le jour même, un arrêté en vertu duquel le siège du gouvernement se trouvait provisoirement transféré de Lucerne à Berne (3). Maîtres de Zurich, les Autrichiens eussent d'autant plus aisément coupé les communications entre l'ancienne et la nouvelle capitale, que les habitants de l'Entlebuch

(1) *Perrochel à Talleyrand.* Lucerne, 29 mai (9 prairial). A. E. Suisse CCCCLXX, 107. — *Acten der Helvetik,* IV, 205 (2). — C'est donc à tort que l'éditeur des Mémoires de Masséna (III, 256) prétend que le gouvernement suisse émigra à Berne, le 31 mai, malgré les observations du général.

(2) *Perrochel à Talleyrand,* 29 mai.

(3) *Acten der Helvetik,* IV, 205.

étaient sur leurs gardes et qu'ils se préparaient, dans le cas où la retraite du gouvernement s'effectuerait par cette vallée, à « exercer leur « vengeance sur les autorités de la République « helvétique qu'ils abhorraient et sur le mi- « nistre de la République française » (1). On évita cette extrémité et, le 31 mai au soir, le Directoire faisait son entrée dans Berne, en compagnie de Perrochel, lequel avait pris son chemin par Aarau, dans l'espoir — bientôt déçu — de s'y rencontrer avec le généralissime (2).

Tandis qu'une terreur panique s'emparait des populations patriotes du Nord-Est, à l'annonce de l'approche des Autrichiens et des projets de retraite du général en chef (3), l'espoir renaissait dans le « Mittelland » où l'ancien parti oligarchique relevait la tête. L'accueil fait aux Directeurs helvétiques, comme

(1) *Perrochel à Talleyrand*, 29 mai.
(2) *Perrochel à Talleyrand*, 29 mai.
(3) *Acten der Helvetik*, IV, 182 (8, 18).

à Perrochel, d'ailleurs, se ressentit de ces dispositions. Ainsi que l'écrivait un négociant bernois à Philippe, l'un des représentants du Léman (1), « la majeure partie des habitants auraient « préféré voir arriver les Autrichiens que leur « gouvernement ». Dès lors, il fallut recourir à des réquisitions formelles pour procurer un asile — même précaire — aux membres du Corps législatif. Quelques-uns de ces derniers avaient hésité, il est vrai, à quitter Lucerne, tant ils se disaient sûrs de n'être point inquiétés par l'ennemi, au cas où celui-ci pénétrerait dans cette ville.

Seul, le généralissime demeurait impassible et maître de lui au milieu de l'affolement des uns et de l'hostilité des autres, sans se laisser abattre par les pronostics inquiétants et les découragements significatifs qui se faisaient jour, même parmi son entourage. Son armée représentait, il le disait lui-même, le *dernier*

(1) Berne, 16 juin (Guerre).

espoir de la France. Aussi était-il plus que jamais décidé à se défendre pied à pied jusqu'à l'extrémité, en évitant, toutefois, de courir les chances d'une bataille décisive (1). Sans contredit, sa situation était bien l'une des plus terribles, des plus angoissantes avec laquelle chef d'armée se fût jamais trouvé aux prises. Un mécontentement sourd, une indiscipline croissante étaient signalés parmi les troupes dont les besoins matériels, jamais satisfaits, augmentaient d'heure en heure. Quant au corps des officiers, il se désagrégeait par décès ou démissions, celles-ci devenant de plus en plus fréquentes (2). Ayant devant lui des forces ennemies trois fois supérieures en nombre aux siennes, il apprenait, dans le même temps, que quarante mille Russes s'avançaient, à marches forcées, pour l'attaquer (3). Lecourbe, son lieu-

(1) *Acten der Helvetik*, IV, 247 (3).

(2) *Lettre-circulaire de Masséna à ses divisionnaires.* Zurich, 24 mai (Guerre). — *Mémoires de Masséna*, III, 224.

(3) *Masséna au Directoire.* Bremgarten, 9 juin (Guerre).

tenant le plus énergique, opérait une retraite héroïque (fin de mai), de Lugano vers Lucerne, laissant les alliés maîtres du Gothard, d'Urseren et d'une partie du Haut-Valais (1) d'où Xaintrailles n'avait pu les déloger. Les Autrichiens venaient d'occuper Rivoli et de forcer le Pas-de-Suze, avec le Léman comme objectif, plan dont la réussite eût contraint l'armée du Danube à un recul précipité vers le Jura (2). Enfin, comme si l'activité d'un seul homme ne devait pas avoir de limites, on donnait à Masséna, de Paris, l'ordre d'augmenter les défenses de Maestricht et de Mayence, de veiller sur Genève et d'envoyer un secours de quinze mille hommes à l'armée d'Italie (3). Mais c'était de la Suisse même

(1) *Perrochel à Talleyrand*. Berne, 30 prairial (18 juin). A. E. Suisse CCCCLXX, 157. — *Ruby à Lecourbe*. Schwytz, 23 mai (Guerre).—*Mémoires de Masséna*, III, 231, sqq. —*Gunther*, op. cit., 90 sqq.

(2) *Perrochel à Talleyrand*. Berne, 6 prairial (5 juin). A. E. Suisse CCCCLXX, 116. — *Le ministre de la Guerre à Masséna*, 3 juin (Guerre).

(3) *Le ministre de la Guerre à Masséna*. 1er et 5 juin (Guerre).

que lui venaient les inquiétudes les plus sérieuses. « Je ne dois point vous dissimuler, « annonçait-il au Directoire français, que « l'Helvétie n'est point à la hauteur des évé« nements, qu'il y a peu ou point de ces ger« mes de dévouement qui sauvent les peuples; « enfin que la désertion est portée à un point « tel, dans les troupes helvétiques, que je « les compte pour rien dans l'armée » (1). Et le généralissime faisait allusion aussi bien aux six demi-brigades auxiliaires « dont les officiers « passent eux-mêmes aux rebelles avec leurs « soldats » (2), qu'aux vingt mille hommes d'élite lesquels, après avoir donné des preuves de haute valeur en plusieurs rencontres (3), se voyaient réduits à moins de douze

(1) *Masséna au Directoire.* Bremgarten, 11 juin (Guerre). — *Perrochel à Talleyrand.* Berne, 14 prairial (2 juin). A. E. Suisse CCCCLXX, 110.

(2) *Masséna au Directoire.* Bremgarten, 16 juin (Guerre).—*Von der Weid, adjudant général de l'armée helvétique à Soult.* Zurich, 30 mai (Ibid.). — *Acten der Helvetik,* IV, 182 (16) ; 247 (10).

(3) *Mémoires de Masséna,* III, 272.

cents (1). Au reste, ce n'étaient pas seulement les troupes, c'étaient les populations de l'Helvétie qui, peu à peu, désertaient la cause française.

Avec son habituelle perspicacité, Perrochel avait fort bien démêlé les sentiments divers qui, dans ce moment-là, agitaient le peuple suisse. Outre, en effet, que démocrates et oligarques voyaient dans la fin de l'occupation française la réalisation prochaine de leurs plus chères espérances, bon nombre de patriotes commençaient à regretter que leur pays se fût lié à la grande république par une alliance dont le premier effet avait été de provoquer l'invasion autrichienne et la suppression de la neutralité helvétique (2). Sans doute, le gouvernement siégeant à Berne et ses agents persistaient à assurer le gouvernement de Paris « du concours des plus grands efforts en vue

(1) *Masséna au citoyen Marès.* Bremgarten, 12 juin (Guerre). — *Mémoires de Masséna,* III, 255.

(2) *Perrochel à Talleyrand.* Berne, 12 juin. A. E. Suisse CCCCLXX, 128.

« de maintenir le régime de liberté » dont ils attendaient « leur bonheur » (1). Sans doute, le Directoire français promettait, de son côté, de « déployer toutes les forces de la nation « pour s'opposer aux progrès de l'ennemi dans « l'Helvétie » (2). Il n'était pas moins certain que les Directeurs helvétiques ne pouvaient pas ne pas tenir compte du revirement d'opinion qui se manifestait parmi leurs administrés. L'anxiété de ceux-ci n'était-elle pas naturelle, en somme ? La France se trouvait-elle encore en état de défendre ses alliés ? Déjà les républiques d'Italie avaient disparu. N'en serait-il pas de même incessamment de la République helvétique ? Et n'y avait-il pas, dans ces constatations, matière à autoriser tous les découragements parmi les patriotes unitaires et toutes les espérances dans le camp des fédéralistes ?

Au fond, ces questions angoissantes, Perrochel était conduit, par la force des choses, à

(1) Acten der Helvetik, IV, 256 (1).
(2) Ibid. IV, 256 (2). — *Mémoires de Masséna*, III, 276.

se les poser à lui-même et à les poser ensuite au Directoire exécutif. Ou plutôt il les ramenait toutes à une seule : Oui ou non, la France était-elle en mesure de résister à l'invasion autrichienne en Helvétie ? Si oui, le moment paraissait venu de secourir Masséna ; si non, la meilleure marche à suivre, selon lui, consistait à faire proposer à l'empereur l'évacuation simultanée du pays par les belligérants. De deux choses l'une, en effet. Ou l'Autriche se rallierait à ce projet, ou elle le repousserait. Dans un cas comme dans l'autre, l'armée du Danube eût reporté en arrière jusqu'au Jura sa ligne de défense, mais, dans le second, il était à prévoir que les Suisses se lasseraient vite de la présence sur leur sol de ces troupes allemandes dont les généraux exigeaient, eux aussi, des contributions en nature ou en argent et recouraient à la conscription forcée pour augmenter leurs effectifs (1). Et alors Perro-

(1) *Perrochel à Talleyrand*, 18 juillet 1799. A. E. Suisse CCCCLXX, 258. — *Acten der Helvetik*, IV, 182 (30).

chel estimait que, forcément, les Suisses se tourneraient contre l'Autriche et appelleraient les Français à l'aide (1). Tel était aussi l'avis de Masséna, à ceci près cependant qu'il n'entendait abandonner l'Helvétie que si la fortune des armes l'y contraignait. Aussi bien deux succès signalés remportés, l'un par Xaintrailles sur les insurgés valaisans entre Lax et Fiesch (2), l'autre par Lecourbe, après cinq jours de lutte, aux débouchés du Gothard (3), réveillaient à propos l'enthousiasme de ses troupes.

Au 1er juin, le généralissime se maintenait encore derrière la Glatt et couvrait Zurich. Le 3, l'ennemi l'attaqua sur toute la ligne, portant son principal effort contre la division Soult. La lutte fut acharnée de part et d'autre, Wytikon, Zollikon et Riesbach pris et repris.

(1) *Perrochel à Talleyrand,* 12 juin.

(2) *Masséna au Directoire.* Zurich, 31 mai (Guerre). — *Gunther*, 84.

(3) *Masséna au Directoire.* Zurich, 2 juin (Guerre).

Elle se renouvela le lendemain et se termina par la retraite momentanée des Autrichiens qui perdirent trois mille hommes tués ou blessés et douze cents prisonniers (1). Mais il eût fallu à Masséna, pour conserver Zurich, vingt mille hommes de renfort, et il les attendait en vain. Aussi se décida-t-il, le 6 juin, à évacuer cette ville, à prendre position sur l'Albis et à établir son quartier général à Bade, puis à Bremgarten (2). Ce mouvement de retraite, commencé à la pointe du jour, fut exécuté sous les yeux de l'ennemi qui ne se hasarda point à l'entraver (3).

Il n'y avait pas à se dissimuler que la situation ne fût d'une exceptionnelle gravité. Le Directoire helvétique, résolu à ne point passer

(1) *Masséna au Directoire.* Zurich, 3 et 4 juin (Guerre). — *Perrochel à Talleyrand.* Berne, 7 et 9 juin (A. E.). — *Mémoires de Masséna*, III, 254, sqq.

(2) *Masséna au Directoire.* Bremgarten, 9 juin (Guerre).

(3) *Masséna au Directoire.* Bade, 6 juin (Guerre). — *Würzbach*, Biogr. Lexicon, VI, 376. — *Erzherzog Karl.* Geschichte des Feldzuges von 1799, I, 379.

en France, ainsi qu'on l'y invitait, se préparait à renoncer au pouvoir, tandis que Perrochel faisait filer vers le Jura son secrétaire Baudry avec les archives de la Légation. Dans ce moment-là, l'archiduc Charles occupait bien près de la moitié de la Suisse. Aussi le généralissime français envisageait-il déjà la possibilité d'opérer sa retraite derrière l'Aar. Au total, en effet, Masséna ne pouvait mettre en ligne que cinq divisions, soit trente et quelque mille combattants, sur les 50,000 hommes environ dont se composait alors son armée (1). Sa droite se maintenait dans Altorf, son centre défendait l'Albis, et sa gauche était postée au confluent de l'Aar et du Rhin. Or, la division de Lecourbe, à l'aile droite, et une partie de l'aile gauche n'étaient pas en position de prendre une part active aux événements. Le noyau de troupes françaises qui, tous les jours, livrait bataille sur un front de dix-huit lieues d'éten-

(1) S. *Galitzin* op. cit., II (1re partie), 348.— *Gunther*, op. cit., 100-101.

due, coupé par l'Aar, la Reuss et des rivières de moindre importance, ne comportait donc pas plus de trois divisions et demi, au total 21,000 hommes (1). Ce fut avec cette armée, numériquement faible, mais d'une valeur et d'une endurance admirables, que Masséna réussit à arrêter les progrès des soixante et quelque mille hommes de l'archiduc Charles (2).

(1) *Extrait d'une lettre de Masséna au citoyen Marès.* Bremgarten, 12 juin (Guerre). — *Perrochel à Talleyrand.* Berne, 26 et 29 prairial, (15 et 18 juin). (Perrochel porte ce chiffre, approximativement, à 22,000 hommes.)

(2) *S. Galitzin,* op. cit., II (1re partie), p. 242, 356 — *Gunther,* op. cit., p. 100.

IX

Masséna, renforcé, suspend son mouvement de retraite. — La confiance renaît parmi les partisans de la France en Helvétie. — Interruption momentanée des hostilités. — On attend le résultat des opérations engagées en Italie. — Revers des armes françaises dans la péninsule. — Les Autrichiens reprennent l'offensive dans la Suisse orientale. — Succès partiels obtenus par Masséna. — Il porte la guerre dans les Alpes afin d'empêcher la jonction des deux armées ennemies. — L'exécution de ce plan réussit sur toute la ligne. — Désastre éprouvé par l'armée de Joubert à Novi. — Souvarow marche vers les Alpes.

Le milieu de juin 1799 marque le terme du mouvement de retraite imposé au généralissime français par la disproportion existant entre ses forces et celles de l'ennemi. Dès le 7 de ce mois, Masséna avait reçu de Paris l'avis que la ligne du Rhin, depuis Huningue jusqu'à Dusseldorf, étant distraite de son commandement, il n'aurait plus à veiller, désormais, qu'à la défense de l'Helvétie. On lui annonçait, en outre, que les deux divisions de l'armée du Danube qu'il avait l'ordre de diriger vers l'Italie demeureraient à sa disposition (1). Non moins bien venue fut la nouvelle qu'un premier renfort de onze mille hommes, prélevé sur les garnisons de Mayence, Dieppe, Lyon et Pont-d'Ain, s'acheminait à marches forcées vers la Suisse (2). D'autre part, quelques combats, heureux pour les Français, permettaient à ceux-ci d'améliorer leur ligne de défense. Le 8 juin, Soult repoussait l'ennemi qui l'avait attaqué en avant de Bremgarten (3); le 15 du même mois, deux affaires engagées aux environs d'Arth et de Zurich se termi-

(1) *Le ministre de la Guerre à Masséna.* 7 juin (Guerre).
(2) *Du même au même.* 8 juin (Ibid.).
(3) *Masséna au Directoire.* Bremgarten, 9 juin (Guerre).

naient à l'avantage de Masséna, tandis que Lecourbe se maintenait dans ses positions de la Suisse primitive (1).

Telle se présentait la situation respective des belligérants, lorsque l'archiduc Charles, sur un ordre du Conseil aulique, s'apprêta à quitter Zurich pour se porter vers le Rhin. Il s'agissait, somme toute, de laisser aux Russes de Korsakow, que Souvarow devait bientôt rejoindre, la mission de continuer les opérations militaires contre les Français en Helvétie. Il est vrai que le départ du prince autrichien fut différé jusqu'à la fin d'août; mais ce n'en était pas moins une faute grave que cette dislocation décidée en face d'un adversaire dont l'armée, à son tour, se renforçait d'heure en heure (2). Aussi bien les troupes de la République ne risquaient plus d'être prises à revers

(1) *Du même au même*. Bremgarten, 16 juin (Guerre).— *Perrochel à Talleyrand*. Berne, 30 prairial, 6 et 8 messidor (18, 25 et 27 juin). A. E. Suisse CCCCLXX, 157, 172, 197.

(2) *Le ministre de la Guerre à Masséna*, 20 juin (Guerre). — *S. Galitzin*, op. cit., II (1re partie), 352.

depuis que la division du général Turreau, successeur de Xaintrailles, se trouvait fortement établie en Valais (1), que les rassemblements suspects d'émigrés et de déserteurs autrichiens, signalés à Neuchâtel, s'étaient dissipés (2) et que le projet nourri par eux de s'emparer du fort de Joux, afin de couper les communications entre Pontarlier et la Suisse, pouvait être considéré comme ayant échoué (3).

Masséna sut tirer parti du répit que lui procuraient les modifications introduites aux plans stratégiques des Austro-Russes. Il se prépara lentement, mais sûrement, à passer de la défensive à l'offensive. Si l'on fait abstraction, en effet, de deux combats, heureux en somme, livrés par Lecourbe aux alliés dans la Suisse

(1) *Acten der Helvetik*, IV, 422 (5).

(2) *Soult à Masséna*. Birmensdorf, 19 juin (Guerre). — *Perrochel au ministre des Rel. Ext.*, 20 juin, 8 juillet, 8 septembre et 2 octobre (A. E.).

(3) *Perrochel à Reinhard*. Berne, 22 fructidor (8 septembre). A. E. Suisse CCCCLXXI, 16.

primitive, les 3 et 29 juillet (1), on peut dire que, durant plusieurs semaines, la tranquillité fut à peine troublée aux avant-postes des belligérants. Aussi, déjà le bruit se répandait-il qu'un armistice avait été signé entre les deux généralissimes. En fait, on s'observait de part et d'autre et l'on attendait, pour agir, qu'un événement militaire décisif se produisît au delà des Alpes.

Jusque vers le milieu de juillet, la fortune des armes était demeurée indécise dans la Haute-Italie. Macdonald, vainqueur des Autrichiens à Modène, le 12 juin, avait été battu, le 17, à la Trebbia par les Russes auxquels trois jours plus tard la citadelle de Turin ouvrait ses portes. Du 18 au 21 du même mois, Moreau livrait à l'ennemi des combats victorieux près de Tortone. Mais il y avait loin encore de ces engagements heureux à la victoire fran-

(1) *Perrochel à Talleyrand.* Berne, 6 et 14 juillet (A. E.). — *Acten der Helvetik*, IV, 208 (5).— *S. Galitzin*, op. cit., p. 349.— *Gunther*, op. cit., p. 105, 106, 107.

çaise sur laquelle on paraissait compter à Paris pour dégager l'Helvétie. Et, d'ailleurs, ces succès n'avaient pas eu de lendemain. Bientôt, en effet, l'on apprenait, coup sur coup, la rentrée des troupes des Deux-Siciles dans Naples (13 juillet), puis dans Rome (18 juillet) et la chute d'Alexandrie et de Mantoue aux mains des Austro-Russes (23 et 30 juillet).

Ces nouvelles, les dernières surtout, ne pouvaient manquer de trouver de l'écho en Helvétie. Aussi, dès le 25 juillet, une partie des forces de l'archiduc prenait-elle position entre Pfeffikon et Lachen, sur la rive gauche du lac de Zurich, tandis que d'autres troupes autrichiennes occupaient Utznach (1). Une action générale paraissait imminente. Elle fut toutefois différée, mais des combats partiels s'engagèrent sur toute la ligne. Masséna, dont l'armée, sans cesse renforcée depuis quelques semaines, comptait plus de soixante-quinze

(1) *Perrochel au ministre des Rel. Ext.* Berne, 8 thermidor (27 juillet). A. E. Suisse CCCCLXX, 382.

mille hommes (1), se trouvait, dès lors, en mesure de tenir tête partout à l'ennemi et de prendre l'offensive sur certains points (2). Les Impériaux en firent l'expérience à leurs dépens.

Averti du dessein que nourrissait Souvarow de pénétrer, à bref délai, en Suisse, où les troupes de Korsakow commençaient à rallier celles du prince Charles (3), le généralissime français forma aussitôt le projet hardi de s'établir lui-même fortement dans les Alpes, de manière à s'opposer à la jonction des deux armées ennemies. Il s'agissait, en somme, d'attaquer simultanément tous les corps autrichiens disloqués depuis l'extrémité orientale du lac de Zurich jusqu'au Valais, et de reconquérir sur eux les

(1) 85,000, selon *Perrochel* (15 août, à *Reinhard*). A. E. Suisse CCCCLXX, 362. — *S. Galitzin* (op. cit., p. 350) estime que les forces en présence, au commencement de juillet, consistaient en 65,000 Français et 78,000 Impériaux. — *Gunther* (op. cit., p. 109), les porte (vers la fin de juillet) à 76,000 Français et 78,000 Autrichiens.

(2) *Perrochel à Reinhard*. Berne, 28 thermidor (15 août).

(3) *Galitzin*, op. cit., p. 352.

petits cantons, le Gothard et le Simplon. Cette opération, conduite avec vigueur, eut un succès complet. Le 13 août, Turreau (1), à l'aile droite, se saisit du Simplon, rejette les troupes du prince de Rohan vers Domo d'Ossola, puis, poursuivant sa marche victorieuse, il atteint à Lax la colonne autrichienne de Strauch, la disperse, s'empare du Grimsel, avec l'aide de Gudin, (2) et contraint l'ennemi à battre en retraite dans la direction de Bellinzone (3). Le même jour, Chabran attaquait Jellachich sur la Sihl, près de Richterswyl, le repoussait dans le Muottathal, le rejoignait, le lendemain 15, à l'Etzel et le rejetait au delà de la Linth vers Utznach (4). Enfin le corps autrichien de Simbschen, sur-

(1) Et non Xaintrailles (*contra* Gunther, 119).

(2) *Mémoires de Masséna*, III, 321. — Helvet. Militärzeitschrift, 1837. — *Lohbauer*, der Kampf auf der Grimsel (Bern, 1838).

(3) *Perrochel à Reinhard*. Berne, 2 fructidor (19 août). A. E. Suisse CCCCLXX, 366. — *Acten der Helvetik*, IV, 422 (29). — *Gunther*, p. 121.

(4) *Perrochel à Reinhard*. Berne, 30 thermidor, 2 et 4 fructidor (17, 19 et 21 août). A. E. Suisse CCCCLXX, 363, 366, 370.

pris par Lecourbe et ses lieutenants à Brunnen, puis à Fluelen et à Altorf, se réfugiait dans le Schachenthal, d'où les Français, bientôt maîtres du Pont-du-Diable, ne tardaient pas à le poursuivre sur la route de l'Oberalp (13-16 août) (1). Dans l'intervalle, l'aile gauche de Masséna (divisions Soult, Lorge et Mortier) tenait en respect l'armée de l'archiduc Charles et la repoussait à Dettingen (17 août) (2).

Les succès français s'accentuent donc sur toute l'étendue du territoire helvétique ; déjà l'on prévoit que le prince autrichien repassera le Rhin, et, le 19 août, Masséna peut annoncer — de son quartier général de Lenzbourg — au Directoire français que ses lieutenants ont, dans ces diverses affaires, fait à l'ennemi 8400 prisonniers et lui ont pris 21 canons

(1) *Perrochel à Reinhard*, 30 thermidor. — *Acten der Helvetik*, IV, 408 (12). — *Mémoires de Masséna*, III, 316, sqq. — *Gunther*, op. cit., 122.

(2) *Perrochel à Reinhard*, 2 fructidor. — *Galitzin*, op. cit., p. 351-354. — *Revue militaire suisse*, 1857, p. 186.

(1). La victoire paraît revenue sous les drapeaux de la République, dont l'armée d'Italie reconquiert Alexandrie et Tortone. Et, tandis que les Autrichiens tiennent avec peine dans la citadelle de Turin, le généralissime de l'armée du Danube s'apprête à engager une action décisive. Soudain éclate, comme un coup de foudre, la nouvelle du désastre de Novi (15 août). Souvarow, libre de ses mouvements, se portera au delà des Alpes. Désormais, et pour la deuxième fois, l'unique espoir de la France réside dans l'armée cantonnée en Helvétie et dans les talents de son général en chef.

(1) *Acten der Helvetik*, IV, 408 (26-27). — 2000 tués, 6000 prisonniers et 21 canons, selon l'éditeur des *Mémoires de Masséna* (III, 324).

X

Dispositions nouvelles arrêtées par Masséna. — Ses lieutenants prennent l'offensive dans le Valais, les Grisons, à Glaris et sur la Linth. — Le généralissime français ne parvient pas à traverser la Limmat. — Motifs réels de son inaction du 10 au 25 septembre. — Sa lettre explicative au Directoire. — Justification de la tactique adoptée par lui. — Préparatifs en vue d'une action décisive. — Deuxième bataille de Zurich. — Combats sur la Linth. — Défaite des Austro-Russes. — Ils évacuent la Suisse. — Entrée en scène de Souvarow. — Marche des Russes, en deux colonnes, vers Glaris et vers Schwytz. — Après des combats meurtriers, Souvarow se retire en Rhétie par le Panix. — Retour offensif de Korsakow. — Masséna le rejette au delà du Rhin. — Fin de la campagne d'Helvétie. — Conséquences des victoires de Masséna.

Non seulement la défaite imprévue de Joubert ne permettait plus à l'armée française de tenir la campagne en Italie, mais encore elle entraînait une modification complète — sinon l'anéantissement — des plans stratégiques du gouvernement français. Aussi, dès le 5 septembre, le Directoire fit-il expédier à Masséna l'ordre d'attaquer les Russes et les Autrichiens qui se trouvaient devant lui, de manière à empêcher l'archiduc Charles d'acheminer des renforts vers la Lombardie (1). On exigeait, au reste, davantage à Paris. On souhaitait que l'armée du Danube, renforcée, écrasât l'ennemi, après l'avoir battu, afin d'assurer la reprise de l'offensive française en Italie et en Allemagne (2). Mais Masséna n'attendit pas, pour agir, les ordres d'un gouvernement dont l'incompétence flagrante eût paralysé ses mouvements. Le jour même où il apprend que le prince autrichien abandonne la Suisse, en y laissant à peine une soixantaine de mille hommes sous Korsa-

(1) *Le ministre de la Guerre à Masséna*, 5 septembre (Guerre).
(2) *Du même au même*, 7 septembre (Ibid.).

kow et Hotze (1), le général en chef se résoud à une diversion que lui commandait, d'ailleurs, l'état précaire de l'armée d'Italie. Dans les derniers jours d'août, en effet, il enjoint à Turreau de s'emparer de Domo d'Ossola, à Lecourbe de pénétrer dans les Grisons, à Soult de tenter le passage de la Linth entre les lacs de Zurich et de Wallenstadt (2). Ces ordres sont exécutés et même prévenus en partie, avant que le généralissime ait eu le temps de les révoquer. La division du Valais se rapproche du Gothard (3); Soult et Molitor, qui avaient battu l'ennemi au pont de Grynau et à Netsthal les 29 et 30 août (4), opèrent leur jonction au delà de Næfels (1er septembre) (5); Soult rejette le corps de Hotze derrière la Linth (6); Molitor s'empare de Glaris (7) où, quelques jours

(1) *Jomini*, XII, 92. — *Galitzin*, p. 356.
(2) *Masséna au Directoire.* Lenzbourg, 1er septembre (Guerre).
(3) *Turreau à Gudin.* Brigue, 4 septembre (Guerre).
(4) *Masséna au Directoire.* 1er septembre.
(5) *Soult à Masséna.* Wollerau, 2 septembre (Guerre).
(6) *Galitzin*, op. cit., p. 357.
(7) *Masséna à Lecourbe.* 2 septembre (Guerre).

plus tard, les Français, sous Lecourbe (12 septembre) repoussent victorieusement une attaque des Russes qui avaient remplacé les Autrichiens dans cette région (1). Enfin Masséna, en personne, remporte un succès à Wollishofen, le 8 septembre (2). Mais toutes les positions conquises ne sont pas conservées et la Linth, l'Aar et la Limmat, que le généralissime a vainement tenté de traverser, continuent à séparer les belligérants (3).

Des critiques militaires éminents ont reproché à Masséna son inaction relative du 10 au 25 septembre, alors que Souvarow était déjà en mouvement pour venir au secours de Korsakow (4). On a cherché à expliquer cette inaction par ce fait que, en butte aux avances des partisans de la Restauration des Bourbons, le

(1) *Soult à Molitor.* Wollerau, 8 septembre. — *Masséna au Directoire,* 15 septembre (Guerre).

(2) *Masséna au Directoire.* Lenzbourg, 9 septembre (Guerre).

(3) *Mémoires de Masséna,* III, 333. — *Galitzin,* p. 357.

(4) *Jomini,* XII, 76, 85, 93 (Histoire des guerres de la Révolution). — *Erzherzog Karl,* Geschichte des Feldzuges von 1799.

généralissime français discutait les offres qui lui étaient adressées et qu'il jugeait insuffisantes. Or si, d'une part, il est avéré que Masséna fut, en effet, sollicité de trahir les intérêts confiés à sa garde (1), il est non moins certain, d'autre part, qu'il repoussa avec mépris ces ouvertures. Bien plus, il n'hésita pas à envoyer à son gouvernement les missives des agents royalistes, au fur et à mesure qu'elles lui parvenaient. J'ajouterai que ces missives nous ont été conservées. Elles existent aux archives du ministère de la Guerre, dans les cartons de la correspondance de l'armée du Danube (juin 1799).

Tout poussait Masséna à écraser les Austro-Russes de Hotze et de Korsakow avant l'arrivée en Suisse des Russes de Souvarow : d'abord, le souci de sa réputation militaire ; ensuite, les forces imposantes dont il disposait, supérieures de 30,000 hommes à celles de l'ennemi (2) ; puis

(1) *Mémoires de Masséna*, III, 482.

(2) *Gunther* (op. cit., 128), estime que, vers le milieu de sep-

les intrigues nouées à Paris contre lui, intrigues qui ne tendaient à rien moins — il le savait — qu'à lui enlever son commandement (1). Aussi le généralissime français a-t-il pris soin de répondre, par avance, aux blâmes injustifiés dont il se sentait l'objet. Dans une lettre au Directoire, datée de Lenzbourg, le 14 septembre — le jour même où tombait son adversaire Bernadotte, ministre de la Guerre — il explique, d'une manière lumineuse, le plan auquel il s'est arrêté. Toutefois, se hâte-t-il d'ajouter, il en suspend l'exécution jusqu'à l'instant où il sera certain que la retraite de l'archiduc n'est pas une feinte et que le prince autrichien est réellement en route pour secourir Philipsbourg (2). Combien cette attitude temporisatrice était prudente, l'événement l'a démontré, semble-t-il, puisque, au lendemain de sa victoire, Masséna, ayant appris que l'ar-

tembre 1799, les forces en présence se composaient de 82,000 Français et de 52,000 Austro-Russes.

(1) *Mémoires de Masséna*, III, 301.

(2) *Masséna au Directoire*. Lenzbourg, 14 septembre (Guerre).

chiduc remontait le Rhin, se vit contraint de porter des forces vers le Frickthal afin de lui tenir tête, le cas échéant (1).

Cependant le Directoire exécutif réitérait au généralissime l'ordre d'attaquer les Austro-Russes et de les déloger des positions qu'ils occupaient : Korsakow, de Coblenz à Zurich ; Hotze, sur la rive droite de la Limmat, et Jellachich aux débouchés des Grisons (2). Par bonheur, les préparatifs de Masséna touchaient à leur terme, car, le 22 septembre, il pouvait annoncer au ministre de la Guerre que l'action décisive était à la veille de s'engager (3). Il était temps. Les Français venaient de subir une nouvelle défaite à Mannheim (4). Le 26 septembre au matin, après avoir, par d'habiles manœuvres d'avant-garde, trompé sur ses vérita-

(1) *Du même au même.* Zurich, 9 octobre (Guerre). — *Mémoires de Masséna,* III, 393.

(2) *Masséna au Directoire.* Zurich, 9 octobre (Guerre).

(3) *Masséna au ministre de la Guerre.* Lenzbourg, 22 septembre (Guerre).

(4) 18 septembre.

bles intentions l'ennemi contre lequel le général Ménard dirigeait une attaque simulée vers Brugg, Masséna, à la tête de la division Lorge, traverse de vive force la Limmat à Dietikon et se porte vers Zurich que la division Mortier et la réserve, sous le général Klein, ont mission d'attaquer de front. Fortement établie, dès lors, sur la rive droite de la Limmat, l'armée française s'empare de Zurich, le lendemain, après un combat acharné, tandis que Korsakow, formant son infanterie en colonne, s'ouvrait un chemin sanglant vers Églisau (1). Dans le même moment, la division Soult traversait la Linth, précédée d'une avant-garde de cent soixante nageurs, lesquels, le sabre aux dents, un pistolet attaché sur la tête, anéantissent en un clin d'œil les sentinelles ennemies. Dès le soir, le village de Schaennis, pris et repris trois fois, restait aux mains des

(1) *Masséna au Directoire.* Note télégr. Zurich, 28 septembre (Guerre). — *Galitzin*, p. 377-88.

Français, bientôt maîtres de Kaltbrunn, de Lichtensteig, d'Utznach, puis de Saint-Gall. Trois mille hommes hors de combat, tant prisonniers que tués, et parmi ceux-ci le général en chef Hotze, telle fut la perte des Autrichiens dans les seules affaires sur la Linth (1). L'ennemi, en pleine déroute, se repliait à marches forcées vers l'Est. Une colonne russe atteignait, le 28 septembre, Constance, tandis que les Autrichiens passaient, le même jour, le Rhin à Rheineck (2). Aussi Perrochel pouvait-il écrire au ministre des Relations Extérieures, le 30 septembre: « Tout fait présumer que, dans peu de « jours, peut-être, l'Helvétie sera purgée des

(1) *Masséna au Directoire* Zurich, 28 septembre (Note télégraphique) ; Zurich, 9 octobre. — *Soult à Masséna.* Wollerau, 26 et 27 septembre (dépêche télégr. d'Huningue), 6 vendémiaire. — *Du même au même.* Lichtensteig, 27 septembre et 6 octobre. — *Rapport de Masséna au Directoire sur la bataille de Zurich* (Arch. Guerre). — *Perrochel à Reinhard.* Berne, 5 vendémiaire (27 septembre). A. E. Suisse CCCCLXXI, 49. — *Acten der Helvetik*, IV, 497 (29). — *Mémoires de Masséna*, III, 367-70. — *Jomini*, XII, 259.

(2) *Soult à Masséna.* Lichtensteig, 28 septembre (Guerre). — *Mémoires de Masséna*, III, 371.

« soldats que le Nord a vomis dans son « sein » (1).

Il s'en fallait de beaucoup, toutefois, que la lutte fût terminée. Tandis, en effet, qu'à l'extrême droite française, Molitor, aux prises avec les corps autrichiens de Jellachich et de Linken, leur livrait des combats acharnés à Mollis et dans le Kloenthal et les rejetait, l'un sur le Vorarlberg, l'autre sur Coire (2), Souvarow pénétrait dans le massif central des Alpes suisses. Ce général, « plus entreprenant que réfléchi », (3) à moins qu'il ne fût contraint — ce qui paraît établi — de suivre les plans stratégiques que lui traçaient les cours alliées, avait commencé sa marche vers le nord, dès le 13 septembre, à la tête de 22,000 hommes (4).

(1) Arch. Guerre (Armée du Danube, septembre 1799).

(2) *Molitor à Masséna*, devant Glaris, 26 septembre (Guerre). — *Mémoires de Masséna*, III, 374, sqq. — *Jomini*, XII, 271. — *Gunther*, p. 169, sqq.

(3) *Perrochel à Reinhard.* Berne, 11 vendémiaire (3 octobre). A. E. Suisse CCCCLXXI, 56.

(4) 20,000, selon *Gunther*, op. cit., p. 140.

Le 24, il délogeait les Français du Gothard que son avant-garde avait tourné par le revers du Crispalt ; le 25 il atteignait Wasen, et le 26 (1) Altorf ; le surlendemain lui parvenait la terrifiante nouvelle des désastres subis par Korsakow et Hotze (2).

Dans ces entrefaites, Lecourbe avait rallié ses troupes sur la rive gauche de la Reuss et s'apprêtait à disputer à l'ennemi le passage de cette rivière (3). Mais le général russe, changeant brusquement son plan, lequel consistait à attaquer Masséna sur sa gauche, divisa son armée en deux colonnes qu'il dirigea, l'une vers Glaris, par le Linththal, l'autre vers Schwytz, par le Schachenthal et le Muottathal (4). Souvarow commandait en personne cette deuxième colonne qui eut à soutenir, contre les troupes de Lecourbe et de Molitor, les combats les plus

(1) Et non le 27 (*Mémoires de Masséna,* III, 383).

(2) *Galitzin,* p. 377.

(3) *Lecourbe à Molitor.* Altorf, 29 septembre (Guerre).

(4) *Mortier à Soult.* Schwytz, 29 septembre (Guerre).

meurtriers (1). « Les journées des 8 et 9 vendé-« miaire (30 septembre et 1er octobre) ont été « terribles » — écrit Masséna au Directoire. — « Des mêlées dans lesquelles on a combattu pen-« dant des heures entières à coups de crosse et « de bayonnette, des pièces de canon, des dra-« peaux, des prisonniers, des champs de bataille « pris et repris plusieurs fois dans la même jour-« née, un carnage affreux sur tous les points, « voilà ce qui se passe tous les jours ici. Le « passage de Suvarow, depuis Bellinzone jusqu'à « Glaris, lui coûte déjà plus que la perte de « deux batailles » (2).

Au premier octobre, la position du généralissime français était la suivante : Sur la droite, il avait Souvarow et ses vingt et quelques mille Russes, le corps autrichien de Jellachich et les restes du corps de Hotze ; sur sa gauche, le corps de Condé, les Bavarois et les débris de l'armée russe de Korsakow. Sa tactique con-

(1) *Mémoires de Masséna,* III, 378 sqq.

(2) *Masséna au Directoire.* Zurich, 3 octobre (Guerre).

sistait, dès lors, à manœuvrer entre ces différents corps, à les battre séparément, et surtout à les faire renoncer à l'espoir d'opérer leur jonction sur territoire helvétique (1).

A la première nouvelle des dangers que courait son aile droite, Masséna dirigea sur Schwytz la division Mortier ; sur Wesen celle de Soult, commandée par Gazan ; et lui-même, quittant son quartier général de Zurich, se porta vers Altorf. Dans cet instant, le gros des forces russes se trouvait encore réuni autour de Muotta ; mais un corps de cette armée venait de rejoindre à Glaris, par le Kloenthal, la colonne que Souvarow avait acheminée depuis Altorf vers cette localité, par le Linththal. Refoulé dans le Muottathal et désespérant d'atteindre Schwytz (2), le général russe traversa le Pragel (3), déjouant ainsi les calculs de Masséna

(1) *Masséna au Directoire.* Zurich, 3 octobre (Guerre).

(2) *Masséna au Directoire* (dépêche télégraphique, partie de Huningue le 5 octobre).

(3) *Soult à Loison.* Einsiedleu, 3 octobre (Arch. Guerré).

qui désirait l'attirer vers la rive méridionale du lac de Zurich, afin de lui tenir tête dans un terrain découvert. Le généralissime français supposait, en effet, que son adversaire, pressé par les combats sanglants livrés dans la vallée de la Muotta et fatigué de la résistance que lui opposaient les Français au débouché de Glaris, « sortirait de sa souricière » par la route d'Einsiedlen, où l'on n'avait posté, à dessein, qu'un seul bataillon en observation. Mais il n'en fut rien. Après avoir tenté en vain de s'ouvrir un passage à Naefels et à Mollis, défendus par Molitor (1), les Russes, concentrés à Glaris, prirent le parti de gagner les Grisons par le Panix, ce qu'ils accomplirent au prix des plus grands efforts et de pertes énormes causées, tant par les neiges, que par les balles françaises (2).

Tandis que Souvarow, « le désespoir au cœur », et laissant aux mains de son adversaire

(1) *Acten der Helvetik*, IV, 497 (6).

(2) *Masséna au Directoire*. Zurich, 9 octobre. — *Galitzin*, p. 397. — *Mémoires de Masséna*, III, 386 sqq.

2000 blessés, une partie de son artillerie et presque tous ses bagages, accélérait sa retraite vers Coire, Korsakow, instruit du danger que courait son chef, avait rallié, sur la rive droite du Rhin, les débris de son corps, ainsi que les troupes de Hotze, de Condé, le contingent bavarois et la division autrichienne des Grisons. Maître de la tête du pont de Shaffhouse, déjà il s'avançait vers la Thur, dans l'intention de menacer Zurich (1). Mais Masséna marcha droit à lui avec les divisions Ménard, Lorge et Gazan, dans le temps que Soult se portait sur Rheineck et de là vers Ragatz (2) et que Loison se rapprochait du Gothard. Les Français rencontrèrent les Autrichiens entre la Thur et le Rhin, les battirent et les rejetèrent au delà de ce fleuve, les contraignant à couper les ponts de Diessenhofen et de Constance, deux villes qui

(1) *Perrochel à Reinhard* Berne, 14 vendémiaire VIII (6 octobre). A. E. Suisse CCCCLXXI, 72. — *Mémoires de Masséna*, III, 393 sqq.
(2) *Soult à Masséna* 18 octobre (Guerre).

tombèrent au pouvoir de Masséna le 7 octobre (1). Puis, comme l'archiduc Charles accourait de Mannheim vers Villingen avec 25,000 hommes, Masséna concentra des forces dans le Frickthal et fit replier derrière la Thur les trois divisions qui venaient de battre à nouveau Korsakow (2). Mais ces précautions furent inutiles. La campagne d'Helvétie était terminée. L'armée du Danube et son chef avaient bien mérité de la patrie française et de la patrie suisse, ainsi que le décrétèrent les Conseils des deux nations.

L'Autriche et la Russie étaient vaincues ; la France sauvée ; les mouvements des coalisés paralysés sur toute la ligne, de l'Italie à la Hollande (3). En moins de quinze jours, le Gothard, Glaris et les vallées y débouchant

(1) *Masséna au Directoire*. Zurich, 9 octobre. — *Soult à Masséna*. Saint-Gall, 7 octobre (Guerre). — *Perrochel à Reinhard*. Berne, 20 vendémiaire (12 octobre). A. E. Suisse CCCCLXXI, 98. — *Mémoires de Roverea*, II, 283.

(2) *Perrochel à Reinhard*. 6 octobre.

(3) *Masséna au Directoire*. Zurich, 3 octobre (Guerre).

étaient reconquis. L'ennemi, refoulé au delà du Rhin, laissait aux mains des vainqueurs 18,000 prisonniers, dont 8000 blessés, plus de 100 canons, 13 drapeaux, 4 généraux. Sa perte totale était évaluée à près de trente mille hommes (1).

(1) *Masséna au Directoire.* Zurich, 9 octobre (Ibid.). — *La Harpe, chef d'état-major helvétique, au ministre de la Guerre,* 28 septembre (Ibid).

XI

Souffrances endurées par l'armée d'Helvétie. — Friponnerie et rapacité de ses fournisseurs. — Moyens de répression énergiques proposés par Perrochel. — Masséna réclame l'intervention du ministre plénipotentiaire, aux fins d'obtenir des secours du gouvernement helvétique. — Premières réquisitions imposées par Masséna. — Insolvabilité de l'autorité française. — Le régime militaire et du bon plaisir refleurit à nouveau en Helvétie. — Protestations indignées de Perrochel. — Il offre sa démission. — Elle est refusée — Continuation des réquisitions. — Masséna invoque le cas de force majeure. — Arbitraire et incohérence des mesures prises. — Perrochel prête son appui aux opprimés.

L'armée qui venait de vaincre à Zurich et d'empêcher la jonction de Souvarow et de ses lieutenants souffrait de toutes les privations et se trouvait dans un état de dénûment absolu. Partageant le sort des autres armées de la République, lesquelles étaient censées se suffire à elles-mêmes en territoire étranger, elle vivait à la charge de l'habitant, (1) comme si l'Helvétie eût été, non point l'alliée de la France, mais un simple pays conquis.

Depuis quinze longs mois, le général en chef, qu'il eût nom Schauenbourg ou Masséna, s'épuisait en vaines démarches auprès du gouvernement français, à l'effet d'obtenir, soit le payement d'un à compte sur la solde des troupes, soit l'envoi des approvisionnements indispensables à leur subsistance. Aussi bien l'argent et les vivres de toute nature continuaient à faire défaut. Or, si la responsabilité de cet état de choses incombait, en première ligne, au Directoire exécutif, les protestations des officiers et des soldats, mieux renseignés que le ministre de la Guerre lui-même sur la « friponnerie épou-

(1) *Acten der Helvetik,* III, 18 (28).

« vantable des entrepreneurs de l'habillement, « de l'équipement et de l'approvisionnement » s'adressaient, avec raison, aux agents des compagnies fermières de ce monopole (1).

Sans doute, ainsi que le reconnaissait le ministre plénipotentiaire dans ses lettres à Talleyrand, ces questions n'étaient pas du ressort de sa charge. Mais comment eût-il pu assister, spectateur impassible, aux souffrances imméritées de ces vaillantes troupes, livrées « à la misère et à la faim » (2) par l'imprévoyance et la rapacité des compagnies chargées de « pourvoir à leurs besoins » ? La plupart des bataillons de conscrits, dit Perrochel, sont sans habits, sans souliers, sans gibernes, mais les fournisseurs réalisent des bénéfices monstrueux (3). « Dieu « veuille que la France n'éprouve pas, d'une

(1) *Perrochel à Talleyrand.* Lucerne, 29 germinal et 1er floréal (18 et 20 avril 1799). A. E. Suisse CCCCLXIX, 301, 303.

(2) *Perrochel à Talleyrand.* Lucerne, 11 nivôse (31 décembre 1798). A. E. Suisse CCCCLXVIII, 473.

(3) *Du même au même.* Lucerne, 21 floréal (10 mai). CCCCLXX, 31.

« manière bien cruelle, les tristes résultats qu'a-
« mène ordinairement un système désordonné
« et la corruption la plus profonde » (1).

Quant aux hôpitaux, ils se trouvaient, au dire de témoins non suspects, dans un état de misère et d'abandon difficile à décrire. Cependant le nombre des malades ou blessés augmentait tous les jours (2). « Croira-t-on que de « malheureux blessés ont été pendant plusieurs « jours à l'hôpital de Soleure sans recevoir « aucun des soins nécessaires à leur triste état ? » (3) Et l'honnête Perrochel d'ajouter : « Cet « état de choses ne peut durer, et s'il se per- « pétue encore quelque temps, c'en est fait des « armées françaises ! » (4) — « Ce n'est pas « assez de brûler les fournitures mauvaises, car « ce serait laisser le crime impuni ; ce qu'il

(1) *Perrochel à Talleyrand.* Berne, 14 prarial (2 juin) CCCCLXX, 110.

(2) *Perrochel à Reinhard.* Berne, 16 vendémiaire (8 octobre 1799). A. E. Suisse CCCCLXXI, 74.

(3) *Perrochel à Talleyrand,* 10 mai.

(4) *Du même au même.* Lucerne, 1er floréal (20 avril). A. E. Suisse CCCCLXIX, 303.

« faut, ce sont des exemples éclatants d'une « justice plus sévère et plus marquante. Les « ennemis les plus redoutables que la France « aye à combattre, ce sont ces hommes qui, « chargés de la subsistance et de l'entretien « des armées, volent et pillent impunément et « font rejaillir sur les premières autorités de « leur pays toute l'aversion qu'eux seuls exci- « tent et qu'ils devraient seuls supporter » (1).

Cet éloquent appel à la répression d'abus caractérisés méritait certes d'être entendu. Il ne le fut pas. Aussi, par la force même des choses, le général en chef allait-il être amené à demander au ministre plénipotentiaire qu'il usât de son influence auprès du gouvernement helvétique afin d'obtenir de ce dernier les subsides et secours de toute nature que la République française refusait à ses soldats.

A Lucerne, on concevait l'idée la plus défa-

(1) *Perrochel à Talleyrand*. Lucerne, 15 et 21 floréal (4 et 10 mai 1799). A E. Suisse CCCCLXX, 22, 31.

vorable des moyens dont disposait le Directoire de Paris, ainsi que du « caractère des personnes « employées au service des armées » (1). Néanmoins, Perrochel consentit à rendre à Masséna le service que celui-ci réclamait de lui. Tout d'abord, il n'eut qu'à se louer de la manière obligeante dont ses ouvertures furent accueillies et des mesures prises par La Harpe et ses collègues pour venir en aide aux troupes d'occupation (2). Il est vrai que le ministre français s'était engagé, sur son honneur, à procurer aux autorités helvétiques le remboursement des avances garanties par elles. Mais, dès la fin de janvier déjà, celles-ci se virent dans la nécessité de laisser entendre que les sacrifices qu'on leur demandait de faire dépassaient de beaucoup les ressources dont elles disposaient (3).

Les choses en étaient là, lorsque, le 1er mars,

(1) *Perrochel à Talleyrand.* Lucerne, 11 nivôse VII (31 décembre 1798). A. E. Suisse CCCCLXVIII, 473.

(2) Ibid.

(3) *Acten der Helvetik,* III, 260 (1).

Masséna, tout en remerciant Perrochel de son appui, crut devoir l'aviser, qu'à la veille de marcher contre les Autrichiens en Rhétie, il se verrait, sans doute, contraint de faire, une fois de plus, appel aux secours du gouvernement suisse. Dans sa lettre, d'une modération calculée, le généralissime promettait de payer comptant toutes les denrées fournies à son armée, de ne recourir qu'exceptionnellement à la voie des réquisitions, et toujours d'après l'avis de l'autorité centrale. « Le désir que j'ai, ajoutait-il, « d'être le moins à charge possible au gouver- « nement helvétique me fera mettre beaucoup « de réserve dans l'emploi de ces moyens » (1).

Le Directoire suisse ne pouvait être que favorablement impressionné par un langage bienveillant auquel on ne l'avait point accoutumé. Aussi décréta-t-il toutes les réquisitions que lui demanda Masséna, en mars, à l'instant où la

(1) *Masséna à Perrochel.* Zurich, 10 ventôse (1er mars). A. E. Suisse CCCCLXIX, 149.

retraite de l'armée de Jourdan créait à l'armée d'Helvétie une situation fort périlleuse (1). Mais, ce premier pas une fois franchi, La Harpe et ses collègues comprirent — trop tard hélas! — qu'ils venaient d'aliéner leur indépendance. En effet, bien que, en tout état de cause, ils eussent pris la sage précaution de prévenir le gouvernement français de l'impuissance dans laquelle ils se trouveraient désormais d'obtempérer aux désirs du généralissime, il ne fut point tenu compte de leur protestation anticipée, et les demandes de secours de l'état-major français affluèrent bientôt à Lucerne (2). Symptôme plus grave, les prélèvements de fourrages et de bestiaux, opérés *manu militari*, demeuraient impayés ou — ce qui était équivalent — acquittés au moyen de *bons* sur le trésor, dont les paysans avaient les mains pleines

(1) *Perrochel à Talleyrand.* Lucerne, 11 germinal (31 mars). A. E. Suisse CCCCLXIX, 243.

(2) Ibid.

et qu'ils ne parvenaient plus à négocier (1). N'y avait-il pas, enfin, jusqu'aux lettres de change remises par le commissaire civil du Directoire français au ministre de la Guerre helvétique qui ne revinssent protestées par les banquiers de Strasbourg sur lesquels elles étaient tirées ? (2)

Plus les besoins matériels de l'armée d'occupation augmentaient, plus le pouvoir exécutif établi à Lucerne avait à subir les assauts des généraux de la République et de leurs troupes, et moins aussi les commissaires des guerres observaient les formes prescrites par Masséna lui-même dans les rapports toujours délicats qu'ils entretenaient avec les autorités locales. Dès la fin d'avril, la situation faite à ces dernières avait notablement empiré. Le régime militaire et du bon plaisir, auquel la conclusion du traité d'alliance d'août eût dû,

(1) *Perrochel à Talleyrand.* Lucerne, 18 avril (29 germinal). A. E. Suisse CCCCLXIX, 301.

(2) *Du même au même.* Lucerne, 23 ventôse (13 mars). Ibid., p. 186. — *Masséna au Directoire.* Lenzbourg, 14 septembre (Arch. Guerre)

semble-t-il, mettre un terme, refleurissait en Suisse dans toute sa beauté. « Il y a environ « trois semaines — écrit Perrochel — que, sur « l'invitation du général Masséna, le Directoire « a ordonné à divers préfets nationaux de « faire fournir des chevaux et des chariots de « transport dont le général annonçait le besoin « urgent pour une opération militaire. Environ « cent cinquante chevaux ont, en conséquence, « été livrés à des commissaires ou à d'autres « agents français. Mais, aussitôt après, ces « agents ont fait appliquer sur les chevaux la « marque de la République française et les ont « fait conduire à Strasbourg. En vain, les pro- « priétaires ont-ils réclamé contre cet enlève- « ment ; les agents français leur ont répondu « que, puisque ces chevaux avoient été amenés « sans harnois par les propriétaires, il était clair « que c'était un présent que le Directoire hel- « vétique faisoit à la République française. « Ainsi les agents français ont joint au vol le « plus insigne l'ironie la plus révoltante. Jus-

« qu'à quand, citoyen ministre — ajoute l'hon-
« nête plénipotentiaire (1) — jusqu'à quand fati-
« guera-t-on la patience des peuples que nous
« prétendons nous attacher ? Jusqu'à quand, par
« un tissu éternel de brigandages, excitera-t-on
« ces peuples à la révolte et à s'armer des
« armes de la fureur contre tout ce qui porte le
« nom de Français ; les crimes, les pillages ne
« cesseront-ils donc jamais ? Et faudra-t-il
« que les agens de la République soyent tou-
« jours réduits à élever en vain la voix et à
« porter des plaintes inutiles contre ces affreu-
« ses déprédations qui se commettent depuis si
« longtems et qui font la honte et l'opprobre
« de la nation française ? S'il en était ainsi et
« s'il ne reste plus assés de courage et de vertu
« pour punir le crime, il ne reste plus à
« l'homme sage que de s'envelopper dans son
« manteau et à désirer d'être éloigné du théâ-

(1) *Perrochel à Talleyrand.* Lucerne, 27 floréal (16 mai). A. E. Suisse CCCCLXX, 58.

« tre où des scènes si dégoûtantes se passent « sous ses yeux. »

C'était sa démission que Perrochel offrait ainsi à Talleyrand, pour lors encore ministre des Relations Extérieures. Elle ne fut point acceptée. La Revellière-Lépeaux n'entendait pas, en effet, que son protégé cédât à un accès de découragement, si justifié qu'il fût. L'ex-abbé de Toussaint d'Angers demeura donc à son poste. Mais les plaintes du Directoire helvétique — pâle reflet de celles de ses administrés — devinrent de jour en jour plus vives, et le ministre plénipotentiaire ne cessa pas d'estimer qu'il était de son devoir de les appuyer auprès du gouvernement français.

L'évacuation de Zurich et la retraite de l'armée derrière la Limmat coïncidèrent avec la faillite des engagements pris par les fournisseurs de celle-ci. Les troupes françaises manquaient du plus strict nécessaire. Invoquant, dès lors, le cas de force majeure, le généralissime avisa *directement* les chambres administratives des cantons d'Aarau, Soleure, Berne, Lucerne, Fribourg et Léman qu'elles eussent à « fournir les quantités de denrées et de bœufs » énoncées en l'état qu'il faisait parvenir à chacune d'elles, et cela — suivant la formule obligée — à charge de remplacement en nature ou de payement sur la caisse de l'armée. (1)

La ratification de ces mesures exceptionnelles par le Directoire helvétique ne fut sollicitée qu'après qu'elles eurent reçu un commencement d'exécution. Il convient, toutefois, de reconnaître que le temps pressait et que Masséna, qui livrait bataille tous les jours, n'outrepassait pas, en somme, les droits conférés, en pareil cas, à un chef d'armée. Tel fut, tout d'abord, l'avis du gouvernement suisse que les progrès des Autrichiens contraignaient, dans ce même temps, à émigrer à Berne. Il donna son approbation aux réquisitions ordonnées, s'engageant même

(1) *Masséna au Directoire helvétique.* Bremgarten, 6 prairial (25 mai). A. E. Suisse CCCCLXX, 210. — *Acten der Helvetik,* IV, 265.

à faire davantage, s'il le pouvait, afin d'aider à sauver « cette liberté anéantie dans une moitié « de la République et menacée dans l'autre ». (1)

L'enthousiasme des Directeurs helvétiques en faveur de la *cause commune* n'était que factice. Il ne résista pas à la poussée des plaintes qui, de toutes parts, s'élevaient en Suisse contre les procédés tyranniques et vexatoires dont officiers et soldats usaient à l'égard de l'habitant. Aussi bien l'exemple donné en haut lieu portait ses fruits. Le moindre chef de brigade ou de bataillon se croyait autorisé à décréter des réquisitions dont le détail ne parvenait même pas au quartier général. (2)

L'arbitraire des mesures prises égalait souvent leur maladresse. S'il existait, en Suisse, une ville qui eût droit à des ménagements particuliers, c'était Aarau. Ses habitants n'avaient pas balancé à recueillir dans leurs maisons les bles-

(1) *Perrochel à Talleyrand.* Lucerne, 6 prairial (25 mai).
(2) *Acten der Helvetik*, IV, 286, 324 (8), 456.

sés des combats de la Limmat, alors que ces blessés ne trouvaient nul secours dans les hôpitaux militaires. Or Aarau succombait sous le poids des réquisitions, à tel point que Perrochel n'hésitait pas à dénoncer à son gouvernement « l'officier général qui les exerçait sans « pudeur ni retenue aucune ». (1)

Le ministre plénipotentiaire passait lui-même, il faut le dire, par des alternatives de découragement profond ou d'espoir dans une revanche prochaine des idées de justice qui lui tenaient au cœur. Joignant ses protestations virulentes à celles du Directoire helvétique, il écrivait, le 2 juin, à Talleyrand : « Au reste, citoyen mi- « nistre, il s'est commis, depuis si longtems, dans « ce pays-ci des actes tellement propres à nous « aliéner pour jamais l'esprit de la nation, que « ce que nous pouvons y ajouter sera désor- « mais fort peu sensible » ; (2) et, le 27 du

(1) *Perrochel à Talleyrand.* Berne, 8 messidor (27 juin 1799). A. E. Suisse CCCCLXX, 197.

(2) CCCCLXX, 110.

même mois : « Au surplus... de tous côtés, il « se passe des abus révoltants et qui sont capa- « bles de nous faire haïr davantage par un peu- « ple dont la patience a été mise à une rude « épreuve depuis longtems. Il faut espérer qu'en- « fin les sentimens d'honneur et l'esprit d'ordre « reprendront leur empire, mais il est à crain- « dre que les maux appesantis sur l'Helvétie « laissent peu de place aux remèdes que l'on « voudroit lui appliquer ». (1)

Ces remèdes, il appartenait au seul gouvernement français de les proposer et d'en assurer l'effet. C'était l'opinion du généralissime lorsqu'il écrivait au Directoire helvétique : « Je « ne puis que gémir sur des maux dont il ne « m'appartient pas de tarir la source ». (2) C'était l'avis du ministre plénipotentiaire quand il demandait l'intervention du pouvoir civil en

(1) CCCCLXX, 197.

(2) *Masséna au Directoire helvétique.* Lenzbourg, 4e jour complémentaire, an VII (20 septembre 1799). A. E. Suisse CCCCLXXI, 40.

vue de réprimer les abus relevés à la charge de l'autorité militaire. C'était aussi le sentiment intime du ministre des Relations Extérieures lorsqu'il transmettait à son collègue de la Guerre les plaintes toujours renouvelées des Perrochel, des Laharpe, des Bégos, des Zeltner. Mais le Directoire français, s'il continuait à étudier « les « moyens de venir au secours de l'Helvétie et « de soulager ce malheureux pays », (3) ne paraissait pas à la veille de découvrir la solution satisfaisante qu'attendaient de lui les intéressés.

(1) *Talleyrand à Perrochel.* 3 thermidor (21 juillet). A. E. Suisse CCCCLXX, 277.

XII

Sollicitude de Perrochel à l'égard des intérêts de l'Helvétie. — Mesures qu'il préconise en vue de relever le commerce, l'industrie et l'agriculture de ce pays. — Son appel n'est pas entendu. — Le traité de commerce franco-suisse du 31 mai rejeté par le Conseil des Anciens. — Perrochel suspecté, à tort, de dépeindre la situation sous des couleurs trop sombres. — Tableau des souffrances de l'Helvétie en l'automne 1799.

Cependant le dénûment des troupes composant l'armée d'occupation ne pouvait être plus complet, la bonne volonté du Directoire helvétique plus parfaite (1), les ressources dont il disposait plus réduites. Cette situation inspirait à Perrochel des réflexions attristées et heurtait

(1) *Acten der Helvetik*, III, 160.

ses sentiments humanitaires. Aussi approuvait-il Bégos lorsque celui-ci écrivait, le 19 septembre : « Il est impossible que l'Helvétie satisfasse « à des réquisitions aussi prodigieuses, accu-« mulées, et dont le fardeau va toujours crois-« sant ; il est impossible qu'elle donne tou-« jours, tandis qu'elle ne reçoit rien. Elle n'existe « que par l'agriculture et un faible commerce ; « mais le commerce et l'agriculture, comme « tous les genres d'industrie, ne vivent que par « la circulation. Détruisés cette circulation, « comme elle l'est par le défaut de payement « depuis tant de mois, alors nécessairement le « peuple doit sécher et périr de misère, car les « canaux de sa vie sont rompus ». (1)

Il en coûtait d'autant plus au ministre plénipotentiaire de reconnaître son impuissance à soulager les misères dont il était entouré, qu'il avait tout fait en vue d'en prévenir l'éclosion.

(1) *Bégos à Perrochel.* Berne, 19 septembre 1799. A. E. Suisse CCCCLXXI, 38.

Durant les premiers mois de sa mission, alors que la paix n'était point encore rompue, Perrochel s'était attaché à combattre les mesures prohibitives, en matière de commerce et d'industrie, dont la Suisse redoutait la promulgation de la part du gouvernement français. Non content de recommander au bienveillant examen de ce dernier la prompte conclusion d'un traité de commerce entre les deux nations, il ne cessait de lui adresser d'éloquents plaidoyers, « tendans tous à ranimer l'industrie et les manufactu-« res d'un peuple voisin et allié de la France » que la stricte application du blocus continental à l'égard des marchandises anglaises eût totalement ruiné. (1) Et ses sympathies allaient, avec une non moins touchante sollicitude, à ce cultivateur suisse dont il rêvait d'alléger les

(1) *Perrochel au ministre des Relations Extérieures*. Lucerne, 2 et 9 nivôse (22 et 29 décembre 1798), 17 nivôse, 17 pluviôse, 4e jour complémentaire, an VII (6 janvier, 5 février, Berne, 20 septembre 1799). A. E. Suisse CCCCLXVIII, 437, 467. CCCCLXIX, 21. 82. CCCCLXXI, 43.

maux, qu'il espérait rattacher à la France par les liens de la reconnaissance et de l'amitié, et faire revenir de ses préventions contre le nouvel ordre des choses. (1)

Or, quel avait été le résultat de cette campagne humanitaire, le sort réservé à ces propositions qui, favorablement accueillies en France, eussent rapproché les deux peuples et engagé le plus faible à supporter avec patience les sacrifices que lui imposait son voisin plus puissant ? Le traité de commerce, signé à Paris le 31 mai, ratifié par les Conseils helvétiques, admis par le Conseil des Cinq Cents, était repoussé par le Conseil des Anciens et qualifié par lui d'« œuvre d'aristocrates ». (2) Le paysan, écrasé de contributions, touchait à la ruine. L'agriculture, le commerce et l'industrie de la Suisse agonisaient.

A force d'entendre parler des souffrances de

(1) *Perrochel à Talleyrand.* Lucerne, 22 décembre 1798 ; 10 mai 1799.

(2) *Jenner.* Denkwürdigkeiten meines Lebens, p. 64.

l'Helvétie et de constater l'impossibilité dans laquelle il se trouvait d'y remédier, le Directoire français était arrivé, sinon à en nier l'existence, du moins à se persuader qu'elles étaient exagérées. Les rapports, cependant fort circonstanciés, de Perrochel lui paraissaient suspects. Il est heureux, dès lors, que ceux de Pichon, son successeur, aient été conservés, car, s'ils confirment l'impression produite par la lecture des documents suisses de l'époque, ils fournissent aussi la preuve irrécusable que, dans les tableaux lugubres qu'il traçait de la situation économique de l'Helvétie, le ministre plénipotentiaire n'outrepassait pas la vérité.

Ce qui semble résulter, de prime abord, du témoignage unanime, tant des représentants du Directoire français, que de l'autorité suisse, c'est que, en cette année 1799, aucun pays en Europe — la Pologne comprise — n'était plus digne d'exciter la compassion que la République helvétique. « On se fait difficilement une « idée du degré auquel est porté sa souffrance.

« Il n'y a pas de traits qui approchent de la « ressemblance ». (1)

D'entre tous les cantons, ceux de la Suisse primitive paraissaient les plus atteints. Ils faisaient l'impression d'un désert. « Jettés les yeux « sur la carte — écrivait à Reinhard le succes- « seur de Perrochel — et pensés qu'après deux « insurrections successives, que 15,000 Fran- « çais ont réprimées avec le fer et le feu, les « alternatives de la guerre y ont été plus rapi- « des, plus atroces que partout ailleurs. L'ar- « mée française a été, seulement depuis six « mois, trois ou quatre fois ou en avant ou « en retraite depuis Glaris jusqu'au Gothard, où « des soldats français ont fait et souffert des « choses qui paroissent fabuleuses. Concevés « que deux ou trois divisions ont parcouru, dans « tous les sens et plusieurs fois, les sentiers, « improprement appellés routes, qui conduisent

(1) *Pichon à Reinhard*. Berne, 29 brumaire (20 novembre 1799). A. E. Suisse CCCCLXXI, 190.

« de ces cantons aux Grisons, au Gothard et « aux autres passages d'Italie qu'il falloit def- « fendre. Concevés que ces marches et contre- « marches ne se sont faites qu'en mettant en « réquisition le peu de moyens que fournissent « ces montagnes. Leur seule richesse étoit en « bétail. La cavalerie a consommé tous les ap- « provisionnemens de ces petites localités. Le « soldat a vécu sur la réserve des familles. La « presqu'impossibilité de porter des subsistan- « ces sur ces points, avec une rapidité analogue « aux mouvemens, a forcé de vivre à discré- « tion sur le pays. Nos troupes ont, le plus « souvent, été nourries du fromage qui tient « lieu de pain à ces montagnards. Ce que la « pitié n'a pu accorder, il a fallu que la force « l'arrachât. Depuis six mois, enfin, tout avait « été dévoré, nos troupes ne recevant pas une « ration de France, lorsque l'armée russe, dé- « bouchant inopinément par Airolo, a jetté « 25,000 hommes sur ces lieux désolés. Glaris « a été pris et repris plusieurs fois. La vallée

« d'Urseren et le *Muttenthal*, ces noms pres-« qu'inconnus, ont été de grands théâtres de « guerre. Enfin, citoyen ministre, on compte « qu'Urseren seul, village que vous trouverés « à peine sur la carte, a nourri et logé depuis « un an près de 700 mille hommes, ce qui fait « à peu près deux mille hommes par jour. On « conçoit que les habitans que le fer épargna « ont dû abandonner leurs hamaux. Le bétail « qui leur reste a dû être tué, faute de fourage. « Le gouvernement a mis une contribution « pour venir au secours de ces malheureux, et « les villes, moins maltraitées, ont été invi-« tées à recevoir chés elles les enfants qui se « trouvent, dans ces déserts, sans pain et sans « parens ». (1)

Presque au même degré que les « Waldstætten », le Valais présentait des « tableaux déchi-« rans ». La révolte y avait pris un caractère si sérieux que la loi martiale était en vigueur

(1) *Pichon à Talleyrand*. Berne, 29 brumaire (20 novembre 1799) *loc. cit.*

dans la plus grande partie du pays. « On a « fait marcher des forces considérables qui « ont parcouru, le fer et la flamme à la « main, tout le Haut Valais. Les commandans « qui reviennent de cette guerre, aujourd'hui « terminée, font les récits les plus affligeans et « dans lesquels on ne sait ce qu'il faut le plus « déplorer, des maux qu'ont souffert les soldats « de la République, ou de ceux qu'ils ont dû « faire. Tout est ruiné dans cette malheureuse « contrée, depuis le Grimsel jusqu'au Saint-« Bernard ». — Quant aux cantons « plus aisés, « ils sont en général abîmés de réquisitions et « foulés sous le rapport de la subsistance du « soldat, du fourage et des logemens. Partout « le fourage manque et est hors de prix ; par-« tout on tue le bétail. Les chevaux de trait « sont ruinés et ôtés à la culture. Dans le Fri-« bourg, un petit village a, depuis six mois, « nourri 25,000 hommes... Partout l'appro-« visionnement de l'État, celui des familles, « est absorbé et, avec tous ces sacrifices, le

« soldat de l'armée du Danube, en grande « partie, ne peut obtenir que du pain ». (1)

Telle était, vers l'automne de l'année 1799, la situation que présentait l'Helvétie. En résumé, le pays était à bout de ressources, l'armée française aussi. Pays et armée se considéraient, avec raison, comme des fléaux l'un pour l'autre et se supportaient malaisément. De même qu'au printemps précédent, l'insurrection était à la porte, à cette différence près, cependant, que le signal en eût été donné par les patriotes, et non plus par les partis d'opposition. Comment ce revirement dans les sentiments du peuple helvétique s'était-il accompli ? C'est ce que nous allons tenter d'expliquer.

(1) *Pichon à Talleyrand.* Berne, 29 brumaire (20 novembre 1799) *loc. cit.*

XIII

Revirement de l'opinion en Suisse à l'égard de la France. — Ses motifs. – La journée du 30 prairial. — Ses conséquences pour Perrochel. — Reproches auxquels il est en butte. — Premier arrêté le rappelant en France. — Il n'est pas suivi d'effet. — Griefs du Directoire français envers le Directoire helvétique et les Conseils de cette nation. — Projet, bientôt abandonné, de « fructidoriser » le gouvernement suisse. — Cruel embarras de celui-ci. — Il menace de démissionner. — Mission intempestive de Glayre à Paris. — Perrochel joint ses protestations à celles de La Harpe. -- Colères déchaînées en France par les réclamations du gouvernement helvétique. — Mesures énergiques méditées contre ses membres. — Lettre dure et impérieuse adressée à ceux-ci par Masséna. — Changement subit de ton, de la part du généralissime, à la veille de l'action décisive qu'il allait engager.

Jusqu'en juin, le Directoire français avait tenu la balance égale entre son ministre plénipotentiaire en Helvétie et le généralissime. Celui-ci, appelé au commandement en chef de l'armée du Danube, pouvait se croire investi de la confiance du gouvernement ; celui-là jouissait de la protection de l'un, sinon de deux des membres de ce même gouvernement et de l'estime personnelle du ministre des Relations Extérieures, auquel le rattachaient des origines communes. Or, on sait qu'à cette époque, plus qu'à toute autre, les envoyés de la République à l'étranger représentaient au moins autant des hommes que des principes. Le moindre changement survenu dans la composition du Conseil exécutif avait sa répercussion au delà des frontières. C'est ainsi que la retraite forcée de Rewbel (16 mai) avait provoqué le rappel définitif de Rapinat et l'expulsion d'Ochs du sein du Directoire helvétique (1). Comme il était aisé de le prévoir, la journée du 30 prairial (18 juin) eut, elle aussi, son contre-coup en

(1) *Acten der Helvetik*, IV, 288 (1).

Helvétie. La Revellière-Lépeaux tombé, Perrochel se trouvait destitué de son principal appui. Il ne tarda pas à s'en convaincre. Jusqu'alors, en effet, son activité diplomatique avait rencontré la pleine et entière approbation des membres du Directoire. On ne lui savait point mauvais gré de l'insistance qu'il mettait à dénoncer la friponnerie des fournisseurs de l'armée (1) ; on faisait état des renseignements envoyés par lui quant à l'ensemble des opérations militaires ; on louait, enfin, le zèle avec lequel il secondait certaines démarches du généralissime (2). Dès la fin de juin, ces dispositions bienveillantes font place à des critiques, légères d'abord, bientôt acerbes. Talleyrand lui-même renonce à couvrir son subordonné. Perrochel est accusé — avec une apparence de raison, il convient de le reconnaître (3) — de semer le

(1) *Talleyrand à Perrochel,* 24 prairial (12 juin). A. E. Suisse CCCCLXX, 141.

(2) *Talleyrand à Perrochel,* 15 prairial et 12 messidor (3 et 29 juin). A. E. Suisse CCCCLXX, 112, 206.

(3) *Acten der Helvetik,* IV, 170 (31, 32).

découragement dans le sein des Conseils helvétiques, au lieu de réveiller et de fortifier les espérances du parti des patriotes (1). On lui donne à entendre que les perpétuelles doléances du gouvernement suisse, dont il se fait l'écho, lassent les hauts fonctionnaires du ministère de la Guerre. On s'applique à rechercher des contradictions dans sa correspondance et l'on s'avise de découvrir subitement qu'il n'a point assez porté son attention sur ce qui doit faire « l'objet principal de l'activité d'un « ministre, sur l'intérieur du pays, sur les fac- « tions, les opinions qui le divisent, les per- « sonnages qui en sont les chefs, les vues que « ces personnages peuvent avoir et les moyens « qu'ils ont à leur disposition et qu'ils peuvent « vouloir employer » (2).

Dans la réalité, Perrochel se sentait en désaccord avec ses chefs quant à la ligne politique à

(1) *Talleyrand à Perrochel,* 15 prairial.

(2) *Rapport sur la correspondance du citoyen Perrochel,* 13 vendémiaire, an VIII (A. E. Suisse CCCCLXXI, 60).

suivre en Helvétie. Dès la fin de mai, il leur avait, ainsi que je l'ai dit plus haut, fait parvenir une démission qui, pour lors, ne fut pas acceptée. Il n'eut point à la renouveler. Le 4 juillet, le Directoire prenait un arrêté nommant Reinhard aux fonctions de ministre plénipotentiaire auprès de la République helvétique (1). Les termes mêmes de cet arrêté et les lettres de rappel qui le suivirent (2) étaient de nature à ménager les susceptibilités du ministre révoqué. « Les motifs qui ont déterminé votre rempla-« cement — écrit Talleyrand à Perrochel — « n'ont rien dont vous deviez être affecté, et le « gouvernement sera disposé à employer de « nouveau vos talents quand l'occasion s'en « présentera » (3).

Aussi bien ce fut avec une parfaite sérénité d'âme que Perrochel accueillit la mesure dont

(1) A. E. Suisse CCCCLXX, 221, 222.

(2) *Le Directoire français au Directoire helvétique,* 28 messidor (16 juillet). A. E. Suisse CCCCLXX, 251.

(3) *Talleyrand à Perrochel,* 15 messidor (3 juillet). A. E. Suisse CCCCLXX, 218.

il était l'objet. « C'est avec grand plaisir que je « me vois remplacé par le citoyen Reinhard et « j'espère, qu'aidé par des circonstances plus « heureuses, il effectuera ce que je n'ai pas eu « le bonheur d'opérer » (1). Mais le citoyen Reinhard n'eut pas à se rendre en Suisse. Le 20 du même mois, il était nommé ministre des Relations Extérieures. L'arrêté du 4 juillet demeura donc lettre morte, et Perrochel, quelle que fût sa persévérance à réclamer la mise à exécution de son rappel, reçut l'ordre de continuer ses fonctions, et l'assurance qu'il n'avait point perdu la confiance du gouvernement (2).

La disgrâce momentanée infligée à Perrochel n'avait pas été sans rejaillir un peu sur le Directoire helvétique, dont les revendications trouvaient toujours dans le ministre plénipotentiaire un ardent champion. Masséna s'était

(1) *Perrochel à Talleyrand.* Berne, 22 messidor (10 juillet). A. E. Suisse CCCCLXX, 232.

(2) *Perrochel à Reinhard.* Berne, 8 thermidor (27 juillet). — *Reinhard à Perrochel,* 19 thermidor (6 août). A. E. Suisse CCCCLXX, 311, 342.

empressé de soumettre au ministre de la Guerre les objections soulevées par les autorités suisses contre les réquisitions imposées à leurs administrés. La délibération prise à ce sujet par les Directeurs français, au lendemain du 30 prairial, dut satisfaire le généralissime. Somme toute, sa conduite était approuvée dans ses traits essentiels. On lui recommandait bien, il est vrai, « d'adoucir autant que possible le poids de la « guerre pour l'Helvétie et de ne réclamer jamais « de son gouvernement que les objets indis- « pensables à l'entretien de l'armée. » « Mais — « ajoutait-on — il a été pénible au Directoire « exécutif de remarquer, dans les explications « que le Directoire helvétique vous a transmises, « plus d'empressement à se plaindre que de « disposition à s'unir franchement contre l'en- « nemi commun » (1).

Masséna connaissait d'autant mieux les griefs nourris à Paris à l'égard des autorités helvéti-

(1) A. E. Suisse CCCCLXX, 114 (16 prairial, an VII).

ques qu'il avait contribué, pour sa part, à les rendre plus aigus. On paraissait convaincu en France que le Corps législatif suisse, « composé « en très grande partie de gens grossiers, sa- « chant à peine lire, si même ils le savaient, « était à la merci d'un petit nombre d'intrigants, « dont Ochs et son protégé Dolder passaient « pour être les plus dangereux ». On déplorait l'influence croissante acquise au parti des modérés ou du *gros bon sens,* à ce parti catholique et paysan, dont les membres, surnommés les « représentants *à pied* » parce qu'ils prononçaient ainsi le mot *appuyé,* « mettaient le sceau « à leur helvétisme en se préparant à destituer « tous les fonctionnaires signalés par leurs « lumières, leurs talents et leur dévouement « connu à la grande nation ». Aussi agitait-on d'employer la force afin de hâter la prise du pouvoir par le parti avancé. « Toutefois, avant « de balayer la vermine des Conseils », on songeait à « fructidoriser » le Directoire lui-même, dont un seul membre eût été conservé, La

Harpe que Masséna couvrait encore de son amitié (1), mais auquel Perrochel reprochait « d'être livré davantage à ses haines et à ses « passions particulières qu'au sentiment de la « justice et au véritable amour de son pays » (2).

L'exécution d'un coup d'État, à la faveur de la présence d'une armée française en Helvétie, était chose facile, en somme. Toujours est-il que le gouvernement de Paris n'eut point recours à cette extrémité. Une administration plus radicale que celle que l'on désirait remplacer n'aurait su rendre au pays la prospérité que d'exceptionnelles et lamentables circonstances lui avaient fait perdre. Au reste, le Directoire helvétique, quelque fréquentes que fussent ses protestations (3), finissait, en toutes occasions, par céder à la pression du quartier général.

(1) A. E. Suisse CCCCLXX, 114 (16 prairial, an VII).

(2) *Perrochel à Reinhard.* Berne, 1er jour complémentaire (17 septembre 1799). A. E. Suisse CCCCLXXI, 30.

(3) *Le Directoire français au Directoire helvétique,* 28 messidor (16 juillet). A. E. Suisse CCCCLXX, 251.

Placé dans cette alternative, ou de se refuser aux « réquisitions » qu'exigeait de lui Masséna, ou « de coopérer à la ruine des habitans », le gouvernement suisse optait à regret pour ce dernier moyen, au risque de voir ses ordres désobéis par les cultivateurs et de « combler « la mesure du mécontentement et des griefs « dirigés, depuis bien longtemps, contre » ses protecteurs français (1).

A consentir ainsi à des sacrifices matériels quotidiens, toujours plus lourds et jamais rémunérés, la Suisse courait à la banqueroute. Le moment vint, en effet, en juillet, où les autorités helvétiques durent déclarer au généralissime que le pays était entièrement ruiné, ses ressources épuisées et qu'il se trouvait, dès lors, « dénué de tout moyen de faire de nou- « velles avances ni de pourvoir à l'entretien « de ses corps d'élite » (2). — « Nos maux doi-

(1) *Perrochel à Talleyrand.* Berne, 10 juillet 1799 (22 messidor) A. E. Suisse CCCCLXX, 230.

(2) *Le ministre des Relations Extérieures à celui de la Guerre,* 28 messidor. Ibid., p. 250.

« vent être bien pressans, — écrivaient les Direc-
« teurs à Perrochel, le 22 juillet — puisque
« nos réclamations deviennent si fréquentes ;
« mais il est un terme à tout. Les réquisitions
« doivent cesser là où il y a impossibilité phy-
« sique d'y satisfaire. Hors d'état de nourrir
« en temps de guerre une armée qu'on nous a
« forcé de nourrir en temps de paix, nous ré-
« clamons maintenant l'exécution du traité.
« Nous la réclamons fermement, résolus, dans
« le cas où cette démarche dût être vaine, à
« remettre au Corps législatif helvétique des
« pouvoirs devenus inutiles, puisqu'ils n'ont pu
« suffire à empêcher la ruine de notre patrie »
(1).

Si La Harpe et ses collègues s'étaient bornés à cette simple et éloquente affirmation de leur impuissance, on n'y eût sans doute prêté, à Paris, qu'une attention distraite. Mais ils

(1) *Le Directoire helvétique à Perrochel.* Berne, 22 juillet 1799. A. E. Suisse CCCCLXX, 304.

firent plus et dépêchèrent au Directoire français un de leurs anciens collègues, Maurice Glayre, avec la mission de demander « la révision et la correction du traité d'alliance « conclu entre les deux républiques », la suppression des articles II et V « imposés avec « menace et acceptés comme la loi de la « force », et enfin, le retour à l'ancienne neutralité helvétique. Glayre, rendu à Paris dès le 19 juillet, remit, le 23 du même mois, au gouvernement français une note dans laquelle il exposait que les maux de sa patrie étaient « extrêmes et tels que la patience de la nation « touchait à son dernier terme ». Il déclarait, en outre, « que l'opinion universelle de l'Helvétie proscrivait et tenait pour nuls et non « avenus tous les articles du traité qui tendaient à aliéner son indépendance et la « propriété de son sol » (1).

(1) *Note remise par le citoyen Glayre,* 23 juillet 1799. A. E. Suisse CCCCLXX, 298.

De son côté, Perrochel rentrait dans la lice, après un long silence, dû, en partie du moins, à la conviction qu'il s'était faite que l'armée, trahie par ses fournisseurs attitrés, se trouvait dans la nécessité absolue de vivre aux dépens de l'Helvétie. « Je dois vous le dire — écrivait-« il à Talleyrand, qu'il ne savait pas encore « remplacé par Reinhard — le Directoire hel-« vétique est parvenu malheureusement à ce « terme où la volonté demeure impuissante et « où, après avoir employé toutes les ressour-« ces, il ne reste plus que le découragement « (1). Il est temps, il est urgent de soulager « le peuple suisse et d'être juste à son égard. « Vous savés ce que ce pays a souffert depuis « l'entrée des Français ; vous savés les brigan-« dages, les iniquités qui se sont commises. « Plût à Dieu que le souvenir en fût effacé. « Mais si, par leur excès, ils doivent passer à la

(1) *Perrochel à Talleyrand.* Berne, 6 thermidor (24 juillet). A. E. Suisse CCCCLXX, 302.

« postérité la plus reculée, que, du moins, elle « apprenne que ce fut l'ouvrage de quelques « hommes et ce qu'un gouvernement juste et « éclairé fit ensuite pour réparer les malheurs « de la Suisse » (1).

Autant les réclamations adressées par le Directoire helvétique au Directoire français étaient raisonnables et légitimes dans le fond, autant l'heure choisie pour les présenter paraissait inopportune. Ce n'était pas, en effet, au moment où l'armée française luttait, à forces inégales, contre les troupes de la coalition, déjà maîtresses d'une moitié du pays, qu'il convenait de demander le retour de celui-ci à son ancienne neutralité et la révision du traité d'alliance. La mission confiée à Glayre devait nécessairement demeurer stérile. Elle aboutit à un échec retentissant et aliéna au Directoire helvétique les quelques sympathies qu'il avait su se con-

(1) *Perrochel à Talleyrand.* Berne, 6 thermidor (24 juillet). A. E. Suisse CCCCLXX, 302.

server parmi les corps constitués de la grande république.

Dans ses rapports avec les petits États créés par lui sur les frontières de France, comme avec ceux, déjà existants, dont il s'était plu à modifier à son gré la constitution, le gouvernement de Paris ne tenait pas suffisamment compte de la contingence des faits. Certes, ses généraux luttaient pied à pied pour défendre l'intégrité du territoire de ces petites républiques, mais, ce faisant, ne songeaient-ils pas, avant toutes choses, à préserver de l'invasion le sol de la mère-patrie que la disparition de la Suisse ou de la Hollande eût livré à la merci des armées de la coalition ? C'était donc se bercer d'illusions qu'espérer s'attacher par les liens de la reconnaissance des peuples contraints d'embrasser la cause républicaine par la seule loi de la nécessité. Néanmoins, le Directoire exécutif fut outré de colère à la réception de la missive helvétique du 22 juillet ; il la qualifia de « plus qu'extraordinaire » et le ton lui en parut « hors de toute convenance » (1). Aussi déclara-t-il qu'il n'y répondrait point : « Et c'est au moment où la nation française « et son gouvernement ne se montrent animés « que du désir de voir la Suisse libre, heu- « reuse, affranchie de toute entrave à son in- « dépendance, à sa prospérité ; c'est au mo- « ment où des effets certains ont déjà suivi « ces dispositions, que le Directoire helvétique « se permet de faire entendre à un gouverne- « ment allié, si rempli de bienveillance et « d'égard, des plaintes d'un stile et d'une « âcreté qui ne furent jamais employés par lui « vis-à-vis de ceux qui avoient pu donner lieu « à de justes réclamations de sa part. Il y a « dans cette conduite un contraste qui ne « peut s'expliquer que de la manière la plus « défavorable au gouvernement helvétique et, « quelque pénible qu'en soit l'idée, il est im- « possible au Directoire de ne pas considérer

(1) *Le Directoire au général en chef de l'armée du Danube,* 14 thermidor (1er août). A. E. Suisse CCCCLXX, 325.

« déjà ce gouvernement comme livré aux plus « perfides conseils et aux résolutions les plus « inamicales » (1). « Si l'Helvétie est livrée « encore à des privations pénibles, à des sa- « crifices rigoureux, c'est uniquement l'effet de « la guerre qui existe et peut-être du peu de « soin qui a été apporté à la conservation des « magasins de Zurich, comme du peu d'ardeur « qu'on a mis en Suisse, dans les premiers mo- « mens, à la formation du corps auxiliaire de « dix-huit mille hommes qui, joint aux trou- « pes françaises et incorporé en quelque sorte « avec elles, conformément à la convention « de Lucerne, aurait suffi, dans le principe, « pour empêcher l'invasion de la Suisse, dans « aucune de ses parties » (2).

Quant à la démission offerte par La Harpe et ses collègues, le Directoire exécutif se refu-

(1) *Le Directoire au général en chef de l'armée du Danube*, 14 thermidor (1er août). A. E. Suisse CCCCLXX, 325.

(2) *Note du ministre des Relations Extérieures*, 7 fructidor (24 août). A. E. Suisse CCCCLXX, 378.

sait encore à admettre la réalisation de cette éventualité. Toutefois, « s'ils étaient capables d'un pareil acte de lâcheté », le général en chef de l'armée du Danube se voyait autorisé à « s'as-« surer de leurs personnes et à les faire trans-« porter comme otages dans l'intérieur de la « République » (1).

Il était, pour le moins, inutile d'inciter Masséna à prendre des mesures de rigueur à l'égard du gouvernement helvétique. Le généralissime tenait en fort petite estime cette autorité qu'il accusait d'être vendue à l'Autriche et « de sonner, en quelque manière, le tocsin de « la révolte contre l'armée française » (2). Il négociait cependant avec elle — à son corps défendant, il est vrai — le licenciement devenu nécessaire des quelques troupes d'élite qui ne s'étaient point débandées lors de la retraite derrière la Limmat (3). Mais il était très dé-

(1) *Le Directoire au général en chef*, 14 thermidor.

(2) *Acten der Helvetik*, IV, 215 (83).

(3) Ibid, IV, 348 (15a). — *Masséna au Directoire*. Lenzbourg, 29 messidor (17 juillet). A. E. Suisse CCCCLXX, 256.

cidé à prendre une revanche que son état-major désirait, au même degré que lui. Aussi bien il attendait, pour parler haut et ferme, que son gouvernement lui eût envoyé les « renforts promis et toujours ajournés ». Vers le milieu de septembre, enfin, il se sentit en état d'agir, grâce aux 75,000 hommes dont il pouvait disposer (1). La lettre qu'il adressa, à cette époque, au Directoire helvétique est conçue en termes durs et impérieux. Masséna s'y plaint de la désorganisation du service des transports, rend l'autorité suisse responsable de cet état de choses et menace d'employer à son égard « des mesures coërcitives ».

Rien ne saurait dépeindre la surprise attristée des Directeurs helvétiques à l'ouverture de cette missive. Les expressions comminatoires qu'elle renfermait eussent été justifiées, au besoin, si la Suisse avait été un pays conquis; mais la parfaite indépendance de son gouverne-

(1) *Jomini*, op. cit., XII, 244.

ment venait d'être reconnue, le 30 août précédent. Dès lors, c'était un affront gratuit que le généralissime infligeait à La Harpe et à ses collègues. La réponse de ceux-ci fut fière et digne. Après avoir constaté que, « un peu plus « ménagés, tous les peuples eussent combattu « de concert pour repousser l'ennemi com- « mun », ils ajoutaient : « Le gouvernement « helvétique, toujours empressé de seconder « les opérations de l'armée, lorsque ce con- « cours est demandé avec égards, refusera « avec persévérance son assentiment à toute « fourniture, à tout sacrifice qu'on exigerait « impérieusement, aux actes arbitraires de tout « genre » (1).

Était-il prudent, était-il politique de s'aliéner ainsi l'opinion publique de tout un pays à l'instant précis où les Suisses commençaient à souhaiter le départ des Autrichiens et des Russes, accueillis tout d'abord par eux en libé-

(1) *Bégos à Perrochel.* Berne, 19 septembre. A. E. Suisse CCCCLXXI, 38.

rateurs ? Tel n'était pas l'avis de Perrochel. Le ministre plénipotentiaire déplorait l'âpreté du ton employé par Masséna dans ses relations avec l'autorité helvétique. « Le respect de la « liberté sera toujours la meilleure politique » (1). — « Lorsqu'on ne peut être juste, il faut, « du moins, ne pas paraître oppresseur ! » (2). Cet argument fit-il quelque impression sur l'esprit du généralissime, ou plutôt celui-ci reconnut-il à temps le danger auquel il s'exposait en poussant les choses à l'extrême, à la veille d'une action décisive contre les forces de la coalition ? Toujours est-il que Masséna éprouva le besoin d'effacer, par une démarche courtoise, l'impression pénible que ses précédentes communications avaient éveillée à Berne. Dans une lettre, adressée de Lenzbourg

(1) *Bégos à Perrochel.* Berne, 19 septembre. A. E. Suisse CCCCLXXI, 38.

(2) *Perrochel au ministre des Relations Extérieures.* Berne, 12 messidor (30 juin) et 2 vendémiaire (24 septembre). A. E. Suisse CCCCLXX, 207, CCCCLXXI, 46.

au Directoire helvétique, le 20 septembre, il commence par convenir que cette autorité a fait « tous les sacrifices possibles pour aider « l'armée, que les dettes... contractées » à cette occasion « reposent sur ce que les enga- « gements entre gouvernements peuvent avoir « de plus sacré », qu'il doit « rendre justice à « l'empressement avec lequel ont été faites les « fournitures et à la légitimité des réclama- « tions » qui lui sont transmises, et il termine en déplorant de ne pouvoir « sacrifier les « grands intérêts qui lui sont confiés à des « considérations particulières » (1).

(1) *Masséna au Directoire helv.* Lenzbourg, 4e jour complémentaire (20 septembre). A. E. Suisse CCCCLXXI, 40.

XIV

A la veille de la bataille de Zurich, l'opinion publique en Helvétie redevient favorable à la France. — La victoire française accueillie avec allégresse. — Consternation que cause dans le pays la mesure édictée par Masséna à l'égard de la municipalité de Zurich. — « Prêt volontaire » exigé de cette ville et d'autres cités de la Suisse orientale. — Le Directoire helvétique tente en vain d'interdire aux officiers municipaux de Zurich de satisfaire aux exigences de Masséna. — Celui-ci étend l'emprunt forcé à Bâle, pour une somme de 800,000 livres, bientôt portée à 1.600,000. — Le conflit entre le généralissime et le Directoire helvétique prend un caractère aigu. — Menaces auxquelles se trouve en butte la municipalité bâloise. — Arrestation de Philippe Mérian. — Masséna obtient ses fins. — Le Directoire helvétique fait un amical et éloquent appel à la justice du gouvernement français.

Bien avant que fût livrée la bataille qui décida du sort de la France et, par contre-coup, de celui de l'Helvétie, le sens pratique du peuple suisse avait pesé les chances respectives des belligérants. Du jour où il parut avéré que les Autrichiens ne dépasseraient pas Zurich et que Korsakow remplaçait l'archiduc Charles à la tête des troupes alliées, l'opinion publique redevint favorable à la cause républicaine, avec cette arrière-pensée, il est vrai, que l'armée de Masséna, poursuivant ses avantages au delà du Rhin, quitterait bientôt le pays et le « laisserait enfin respirer » (1). Aussi la victoire de Zurich, intervenant quelques jours après la lettre « flatteuse au delà de toute expression » (2) adressée par le généralissime à l'autorité centrale, le 20 septembre, causa-t-elle un enthousiasme presque unanime parmi toutes les classes de la population. Dès le 30 du même mois, les Directeurs remerciaient avec effusion

(1) *Perrochel à Reinhard.* Berne, 2 brumaire (24 octobre). A. E. Suisse CCCCLXXI, 113.

(2) *Pichon à Reinhard.* Berne, 19 brumaire (2), 10 novembre 1799. A. E. Suisse CCCLXXI, 153.

Masséna d'avoir enfin « reconquis ce sol déposi-« taire des cendres de leurs pères » (1). Le lendemain, les Conseils législatifs déclaraient solennellement que l'armée française et son chef n'avaient jamais cessé de bien mériter de la République helvétique (2). L'élan était tel qu'on agitait déjà s'il ne conviendrait pas de faire décréter une statue équestre au généralissime, avec un bien national en Helvétie (3). Tout au plus exprimait-on le regret que 400 Suisses seulement, sur les 20,000 levés jadis, eussent participé à la glorieuse campagne de la Limmat (4) et laissait-on percer l'espoir — quelque peu prématuré — d'une très prochaine évacuation du pays par l'armée victorieuse (5).

La satisfaction que causa en Suisse le résultat des batailles livrées sous Zurich les 25 et

(1) *Acten der Helvetik,* IV, 497 (43).
(2) Ibid., V, 4 (1).
(3) *Pichon à Reinhard,* 19 brumaire.
(4) *Acten der Helvetik,* IV, 497 (43), V, 5 (1).
(5) Ibid.

26 septembre fut de courte durée. Une semaine ne s'était pas écoulée qu'à l'allégresse succédait la consternation. Malgré son apparent retour aux idées de conciliation, Masséna n'avait rien oublié ni rien pardonné. Le 3 octobre, le jour même où le Directoire helvétique décrétait d'arrestation les membres du gouvernement provisoire établi à Zurich par les Autrichiens (1), le général en chef avisait les autorités de cette ville qu'elles eussent à verser dans les caisses de l'armée, à titre de prêt, la somme de 800,000 livres (2). C'est à ce chiffre, en effet, qu'il taxait l'importance du service rendu par ses troupes aux habitants de la cité de Zwingli. Désireux de ne laisser subsister aucun doute sur la nature de ce « prêt volontaire », il accordait à la municipalité vingt-quatre heures pour réunir la moitié de la contribution imposée, et quatre jours pour le ver-

(1) *Acten der Helvetik*, V, 17 (1).

(2) *Masséna aux officiers municipaux de la ville de Zurich.* 11 vendémiaire, an VIII. A. E. Suisse CCCCLXXI, 91.

sement du solde. Masséna prévenait, de plus, les édiles zurichois que la moindre hésitation de leur part serait considérée « comme une vio-« lation des égards que l'on doit à un allié » et que, dans cette hypothèse, il se trouverait réduit à la nécessité de traiter la ville en ennemie et de la « soumettre à la rigueur des exécutions militaires » (1). Mais là ne s'arrêtèrent pas les exigences du généralissime. D'autres cités suisses, telles que Saint-Gall, Winterthour, Rorschach, Arbon, se virent imposer des contributions pécuniaires variant de 75,000 à 400,000 francs (2), tandis que Constance, ville conquise cependant, s'accommodait avec le vainqueur, moyennant 150,000 francs (3). Enfin — et cette résolution injustifiée fut tout particulièrement sensible aux patriotes des rives de la

(1) *Acten der Helvetik,* V, 18 (1).

(2) *Perrochel à Reinhard.* Berne, 17 vendémiaire (9 octobre). A. E. Suisse CCCCLXXI, 82. — *Masséna au Directoire,* 3 et 9 octobre. — *Le Directoire helvétique à Perrochel.* Berne, 22 octobre. Ibid., p. 121. — *Acten der Helvetik,* V, 18 (1, 20), 21 (9a).

(3) *Masséna au Directoire.* Zurich, 9 octobre. (Arch. Guerre.)

Limmat — l'artillerie dépendant de l'arsenal de Zurich « fut confisquée », selon le droit de la guerre, sous le prétexte spécieux qu'elle avait servi à combattre l'armée française (1).

Masséna n'avait pas jugé à propos de prévenir le Directoire helvétique des « mesures » qu'il se proposait d'édicter dans la région du Nord-Est. Ce fut par son commissaire à Zurich, le citoyen Robert, que cette autorité reçut le premier avis des actes arbitraires dont se plaignaient ses administrés. Le jour même, elle dépêchait en diligence un courrier à Paris, et le surlendemain, tout en informant le généralissime de cette démarche, dont elle attendait un effet suspensif, elle protestait auprès de lui, « de la manière la plus formelle et au nom « de la nation helvétique, contre cette atteinte « faite à son indépendance, aux droits que lui

(1) *Haas, chef de brigade, au Directoire exécutif.* Zurich, 5 octobre. CCCCLXXI, 86. — *Bégos à Perrochel.* Berne, 11 octobre. Ibid., p. 92. — *Acten der Helvetik,* V, 18 (8). — *Moniteur,* du 25 vendémiaire, an VIII.

« donnait son alliance avec la nation française « et à la propriété d'une partie de ses ci- « toyens » (1). Masséna ne daigna pas répondre et passa outre (2). Exaspérés par cette attitude hautaine, les Directeurs helvétiques firent, à la date du 8 octobre, défense à la municipalité de Zurich de satisfaire aux réquisitions de cette armée française en faveur de laquelle — bizarre ironie du sort — ils obtenaient, ce même jour, du Corps législatif un décret reconnaissant qu'elle venait de sauver la patrie, pour la deuxième fois, en battant les Russes dans le canton de la Linth (3). Mais il était trop tard. Sous la pression des baïonnettes républicaines, les édiles de la cité de la Limmat venaient de capituler, et cet empressement leur avait valu, de la part du généralissime, une remise de 200,000 livres sur la somme primitivement réclamée (4).

(1) *Acten der Helvetik,* V, 18 (8).
(2) Ibid., V, 18 (4).
(3) *Acten der Helvetik,* V, 27 (1).
(4) Id., V, 18 (15). — *Masséna au Directoire.* Zurich, 3 octobre. (Arch. Guerre.)

Toutefois, comme il restait encore à opérer un dernier versement de 140,000 francs, ils crurent devoir informer Masséna des scrupules qui les agitaient en présence du *veto* mis par l'autorité centrale à l'acquittement de toute contribution imposée par la force. Mal leur en prit. Convoqués aussitôt au quartier général, il leur fut signifié que si, dans les douze heures, l'armée n'obtenait pas satisfaction pleine et entière, elle saurait, au besoin, se faire justice elle-même. Dans ces conjonctures, il ne restait aux Zuricois qu'à se soumettre. Ils s'y résignèrent avec d'autant plus de facilité que les quelques troupes suisses casernées dans la ville venaient d'en être éloignées et de céder la place à des grenadiers français (1).

La capitulation de la municipalité zuricoise porte la date du dimanche 13 octobre (2). Avant de recourir à cette dernière sommation, Masséna, il est juste de le reconnaître, avait

(1) *Acten der Helvetik*, V, 18 (13, 15, 17).
(2) Ibid., V, 18 (17).

adressé, le 10 du même mois, au Directoire helvétique une missive conciliante, dans laquelle il convenait que l'artillerie suisse confisquée à Zurich n'était pas de bonne prise et devait être restituée. En revanche, le général en chef maintenait son droit d'exiger de cette ville, à titre d'emprunt, une somme de 800,000 livres; mais il expliquait cette mesure par l'état de dénûment dont souffrait son armée, et profitait de l'occasion pour adjurer La Harpe et ses collègues de ne point arrêter, « mais de favoriser plutôt « l'élan patriotique auquel l'Helvétie voulait se « porter ». — « Il ne peut être question ni de pro- « testations ni de mésintelligence : nous devons « fondre toutes nos opinions, ramener toutes « nos opérations à un seul but, celui d'assurer « les triomphes de l'armée française et de dé- « barrasser à jamais l'Helvétie de ses enne- « mis » (1). Or, cet appel ne devait pas être entendu. Masséna omettait, en effet, et pour

(1) *Acten der Helvetik*, V, 18 (12).

cause, d'aviser le Directoire helvétique qu'il comprenait Bâle, pour une somme importante, dans « l'emprunt volontaire » demandé par lui aux municipalités suisses. Outré de cette aggravation dans l'arbitraire, le gouvernement siégeant à Berne renouvela, le 11 octobre — mais sans succès, ainsi qu'on vient de le voir — l'ordre formel aux officiers municipaux de Zurich de ne verser aucune somme dans les caisses de l'armée, et ce, sous peine « d'être considérés « et punis comme prévaricateurs et traîtres à « la patrie » (1). Cette dernière démarche n'eut d'autre résultat que de pousser à bout le généralissime et de l'engager à se montrer intraitable à l'égard de la municipalité de Bâle.

Dès le 9 octobre, Masséna s'était adressé aux autorités bâloises. Convaincu — écrivait-il — qu'elles suivraient l'exemple donné par les villes suisses qui s'étaient empressées « de fournir, « à titre de prêt, des secours à l'armée fran-

(1) *Acten der Helvetik*, V, 18 (13), 52 (1).

« çaise », il leur demandait 800,000 livres, dont la moitié exigible dans les vingt-quatre heures, et le reste dans les trois jours suivants. A cet ultimatum, Bâle répondit par une protestation vibrante qui fut remise le lendemain au généralissime (1). Mieux eût valu transiger, ainsi que l'avaient fait Zurich, Saint-Gall et Winterthour (2). Mais la municipalité bâloise se vit bientôt acculée à la nécessité de persévérer dans son attitude résolue. En effet, le Directoire helvétique, prévenu à temps, lui dépêcha son ministre des Relations Extérieures, Bégos, avec l'injonction de ne céder qu'à la force et de faire constater par des procès-verbaux chaque atteinte portée à l'intégrité de la propriété publique ou privée (3). Masséna, toutefois, demeura inflexible et, s'il fit une courte apparition dans Bâle, le 14 octobre, ce fut à seule fin de s'assurer que ses ordres recevaient un commencement d'exécu-

(1) *Acten der Helvetik*, V, 33 (1).
(2) Ibid., V, 25 (1).
(3) Ibid., V, 33 (5*a*).

tion (1). Il ne s'agissait de rien moins, selon lui, que de placer la ville sous le régime militaire, de mettre le soldat français à la charge de l'habitant et de se saisir, comme d'otages, des négociants les plus fortunés (2).

Malgré les menaces auxquelles ils étaient en butte, les officiers municipaux tinrent bon, et quand Bégos regagna Berne, le 23 octobre, il conservait l'espoir que leur fermeté finirait par lasser Masséna (3). Mais celui-ci, repoussant par avance l'idée d'une transaction, annonça bientôt que, puisqu'on lui refusait les 800,000 livres, tout d'abord exigées, il doublait ses prétentions et fixait à 1,600,000 livres la contribution imposée aux magistrats de cette ville (4), qu'il se réservait, d'ailleurs, de mettre à l'ordre du jour d'infamie de son armée (5). Dès lors, la résistance devenait, sinon impossible, du moins dif-

(1) *Acten der Helvetik*, V, 33 (7).
(2) Ibid., V, 33 (9, 11, 13).
(3) Ibid., V, 33 (20).
(4) Ibid., V, 33 (22).
(5) *Ordre général* du 18 octobre.

ficile. Le 2 novembre, le général Chabran qui, dans le fond, désapprouvait ces mesures de rigueur (1), avisa la municipalité que si, dans les vingt-quatre heures, un premier versement de 400,000 livres n'était pas acquitté, il se saisirait de vingt des principaux notables (2). Le lendemain 3, il réunissait autour de lui, dans une église, les négociants les plus aisés de la ville et obtenait d'eux, sous la pression de la menace, la souscription de l'emprunt, dont la presque totalité entra dans la caisse de l'armée en moins de trois semaines (3). Par le fait, les ordres du Directoire helvétique n'avaient point été méconnus, puisque, au dernier moment, des particuliers s'étaient substitués à la municipalité. Mais l'un de ces particuliers, le citoyen Philippe Mérian, ayant déclaré au général Chabran « qu'il ne céderait qu'à la force ou à un ordre

(1) *Acten u. s. w.*, V, 33 (20).
(2) Ibid., V, 33 (26).
(3) Ibid., V, 33 (27). — *Pichon à Reinhard.* Berne, 19 brumaire (10 novembre) et 5 frimaire (26 novembre). A. E. Suisse CCCCLXXI, 153, 216. — *Mémoires de Masséna*, III, 413.

« du Directoire exécutif », s'était vu appréhendé au corps et transféré à Huningue, sous l'inculpation vague « d'avoir tenu des propos sédi-« tieux contre le gouvernement français et con-« tre l'armée, et d'avoir provoqué à la révolte « contre cette dernière » (1). Cet incident fournit au gouvernement suisse l'occasion de protester, une fois de plus, auprès des membres du Directoire de Paris, contre le despotisme militaire, les violations du droit des gens, les attentats à la liberté individuelle dont avaient à souffrir les populations de l'Helvétie (2).

Bien que la missive adressée au Directoire français par le Directoire helvétique fût demeurée sans réponse, celui-ci estima, néanmoins, qu'il était de son devoir de demander à celui-là de l'entendre une fois encore et de peser, sans parti pris, la légitimité des griefs qu'il formulait contre le généralissime. La dépêche du gou-

(1) *Le Directoire helvétique à Perrochel.* Berne, 4 novembre 1799 A. E. Suisse CCCCLXXI, 145. — *Acten der Helvetik*, V, 21 (28).

(2) *Le Directoire helvétique à Perrochel*, 4 novembre.

vernement suisse porte la date du 5 octobre. Elle eût gagné, sans doute, à être moins étendue. Toujours est-il qu'elle contient des passages d'une réelle éloquence. Après avoir rappelé les sacrifices volontaires consentis par l'Helvétie et ceux, infiniment plus durs, qui lui avaient été imposés pendant les six derniers mois, les Directeurs tracent un tableau, saisissant de vérité, des souffrances du présent : la disette battant son plein, le prix du pain partout doublé, les récoltes absorbées avant maturité par des soldats mourants de faim, le bétail diminué de moitié, les métairies brûlées, le cultivateur contraint de tuer la vache qui le nourrissait lui et sa famille, les charrois rendus plus pénibles par l'incurie ou le manque d'humanité des commissaires des guerres, les dégâts causés dans les campagnes par les pillages et les réquisitions irrégulières, le paysan ruiné et affamé, bien qu'il ait les mains remplies de *bons,* délivrés par l'autorité militaire mais demeurés impayés, l'horrible situation des Haut-Valaisans et des pâtres des « Waldstætten » rentrant dans leur pays transformé en désert, « ne trouvant « que quatre murailles là où les villages n'ont « pas été réduits en cendres » (1) et « contraints « de descendre dans la plaine pour y mendier « les objets nécessaires à la vie animale », les mesures odieuses, injustes, arbitraires prises, à regret sans doute, par le généralissime, mais d'autant plus blâmables que, pendant un séjour de quatre mois dans le pays, les Autrichiens et les Russes « n'avaient levé aucune contribu- « tion » (2). « Nous sommes humiliés, foulés « aux pieds » — ajoutaient les membres du gouvernement helvétique. — « Tant de convulsions « auraient affaibli un État solidement consti- « tué, elles épuisèrent un corps enfant... Nous « vous regardons comme les pères de la liberté « en Europe... Faites justice aux peuples amis « et alliés ; sans elle, quels que soient les triom-

(1) *Acten der Helvetik*, IV, 422 (41a). — *F. Lusser*, Leiden und Schicksale der Urner (Altorf, 1845).

(2) Cette assertion n'était pas absolument exacte.

« phes de vos armées, la liberté périra, nous « périrons et vous périrez aussi » (1).

Au cours de cette longue missive, le Directoire helvétique fait allusion à la déconsidération dans laquelle il est tombé. — Aveu cruel mais exact. — « Aucun spectacle n'est plus triste « que celui qu'offrent les autorités » — écrit un contemporain. — « Les fonctionnaires pu« blics... sont tous arriérés de douze ou quinze « mois pour leurs traitements... Les Directeurs « sont en logement garni avec leurs familles et « vivent dans une étroite médiocrité. Il y a tel « d'entre eux qui va, avec plusieurs membres « du Corps législatif, manger à une table d'hôte « à 21 sols par repas. Le traitement, avec cela, « est à peine l'indemnité d'une dépense jour« nalière très modérée. Non seulement dans « leur extérieur il n'y a pas de luxe, mais on « y remarque même le défaut de cette conve« nance qu'on aime à voir dans les premières

(1) *Acten der Helvetik,* V, 21 (1 *a*).

« autorités, de manière qu'elles soyent au « moins de niveau avec les gens aisés du « pays » (1).

(1) *Pichon à Reinhard.* Berne, 5 frimaire (26 novembre). A. E. Suisse CCCCLXXI, 216.

XV

Perrochel embrasse, sans hésiter, la cause du Directoire helvétique contre le généralissime. — Il demande le châtiment de ce dernier. — Attitude chevaleresque du ministre plénipotentiaire. — Il laisse entendre que l'état-major cherche à provoquer un soulèvement en Suisse, avec l'arrière-pensée d'une sanglante répression. — Tableau qu'il peint de la situation. — L'opinion unanime en Suisse est contraire à l'occupation française. — Entrevue de Masséna et de Perrochel à Aarau. — Elle aboutit à une rupture. — Caractère de Masséna. — Sa « soif de l'or ». — Accusations précises de concussion portées par le ministre plénipotentiaire contre le généralissime. — Contradictions relevées dans les mesures arrêtées par ce dernier. — Perrochel demande à être rappelé.

Ce fut par le bruit public, ainsi qu'il l'affirme dans sa dépêche au Directoire, du 9 octobre, que Perrochel apprit à quels actes arbitraires Masséna venait de se livrer dans les districts de Zurich et de Saint-Gall. En l'absence de toute confirmation, soit de la part du gouvernement suisse, soit de celle du quartier général, il se refusa, tout d'abord, à ajouter foi à cette nouvelle. « J'aime à croire — écrit-il — « que le général en chef ne s'est pas déterminé « à une mesure qui ternirait sa gloire et le « nom français, mais si sa conduite était telle « qu'on le suppose, le Directoire français sau- « rait, par sa justice et sa loyauté, réprimer « de pareils écarts » (1). Malheureusement, au bout de vingt-quatre heures, le doute n'est plus possible. Dans l'intervalle, en effet, le ministre helvétique des Relations Extérieures a remis au représentant du gouvernement français une note circonstanciée, lui signalant l'état aigu de la question (2). Sollicité de donner son avis,

(1) *Perrochel à Reinhard.* Berne, 17 vendémiaire (9 octobre). A. E. Suisse CCCCLXXI, 82.

(2) *Bégos à Perrochel.* Berne, 9 octobre. A. E. Suisse CCCCLXXI, 88.

Perrochel n'hésite pas. Son concours sera, comme toujours, acquis à l'opprimé contre l'oppresseur. Aucune considération étrangère à la justice ne saurait, à ses yeux, peser dans la balance. Entre le glorieux vainqueur de Zurich et le gouvernement suisse, dont quelques membres lui sont cependant suspects — tels La Harpe et Oberlin — son choix est fait. « J'avais conservé l'espoir » — écrit-il à Reinhard, le 11 octobre — « que le général Masséna « sentiroit tout ce que ses procédés ont de « tyrannique et de révoltant, qu'il n'y donne- « roit pas de suite et qu'il répareroit l'outrage « fait à la nation helvétique et à la loyauté du « gouvernement français. Vous gémirés, sans « doute, qu'il se soit trouvé un général français, « assez peu jaloux de l'honneur de sa nation « et du sien, pour commettre envers un allié « fidèle à la France un acte qui a répugné à « leur ennemi commun » (1).

(1) *Perrochel à Reinhard.* Berne, 19 vendémiaire (11 octobre). A. E. Suisse CCCCLXXI, 83.

A la date du 11 octobre, Perrochel ignore encore l'emprunt de guerre exigé de Bâle, mais il s'attend à tout. « Et comme l'iniquité rarement « se fixe des bornes, on doit présumer que les « autres villes de la Suisse seront également « frappées de contributions. » Si, du moins, le général usait de ménagements, mais « par « ses réponses déplacées, il ajoute... au malheur « qu'il appesantit sur l'Helvétie » (1).

Chargé, de par ses fonctions, de veiller au maintien des bons rapports entre les deux républiques, le ministre plénipotentiaire constate avec mélancolie que les vœux du peuple suisse vont se retourner vers les Alliés ; et les motifs de ce revirement ne sont que trop explicables. « Si les Français, se dit-on, eussent été bat- « tus, leur avidité se serait-elle exercée sur les « débris de nos fortunes ? Nous menaceroient- « ils d'exécution militaire si, dans les vingt-

(1) *Perrochel à Reinhard.* Berne, 19 vendémiaire (11 octobre). A. E. Suisse CCCCLXXI, 83.

« quatre heures, nous ne remplissons pas les « emprunts volontaires qu'ils exigent ? Non, « sans doute, puisqu'avant leurs triomphes et « lorsque les chances des combats demeuraient « indécises, ils se sont abstenus de pareils pro- « cédés, quoique les besoins de l'armée, sur « lesquels ils fondent leurs demandes, fussent « les mêmes. Mais y a-t-il, de la part des Fran- « çais, de la grandeur et de la générosité à « user ainsi de l'heureux succès de leurs armes « et à traiter des alliés comme un peuple con- « quis » (1). — « Aujourd'hui, les habitants « du canton de Zurich éprouvent plus de tort, « de la part des Français, qu'ils n'en ont « éprouvé des Russes » (2). — « De l'aveu « de plusieurs officiers français, l'Italie fut « ménagée en comparaison de ce qui se passe « en Suisse et, par une fatalité sans égale, ce « sont précisément les cantons les plus connus

(1) *Perrochel à Reinhard.* Berne, 2 brumaire (24 octobre). A. E. Suisse CCCCLXXI, 113.

(2) *Du même au même*, 19 vendémiaire (11 octobre). Ibid., p. 83.

« par leur attachement à la France qui de-« viennent les victimes de nos insatiables be-« soins » (1). — Aussi le désespoir et la fureur sont-ils dans tous les cœurs, et ce sont les patriotes qui « se prononcent le plus hautement « contre la conduite déloyale des Français » (2).

Grâce à l'attitude impolitique du général en chef, l'union de tous les Suisses — union jadis réputée impossible — est consommée, mais consommée contre la France. « Aussi bien « l'indignation publique auroit connu des « bornes, si les Français en avoient fixé à « leurs demandes ou plutôt à leurs réqui-« sitions » (3). — Une insurrection redoutable est à craindre. Perrochel signale le danger. « Il est de mon devoir de vous prévenir « que l'on cherche à lasser la patience des « Helvétiens et à exciter un soulèvement gé-« néral. Je ne dis pas qu'un dessein pareil ait

(1) *Du même au même*, 2 brumaire.

(2) *Du même au même.* Berne, 5 brumaire (27 octobre). A. E. Suisse CCCCLXXI, 120.

(3) 2 brumaire.

« été conçu, mais j'affirme qu'on ne prendroit « pas d'autres moyens pour l'exécuter. » Et, comme si le ministre plénipotentiaire prévoyait quelle sera la réponse de l'état-major à l'énoncé de ses plaintes, il se hâte d'ajouter : « Je sais qu'une armée victorieuse qui couvre, « pour ainsi dire, le sol de l'Helvétie, peut « comprimer par la force tout ce qui tendroit « à lui résister, mais je sais aussi que la guerre « est un mélange de revers et de succès et « qu'un général, qui se rend odieux après la « victoire, expose son armée, si elle vient à « être battue, au ressentiment et à la vengeance « d'un peuple dont elle est regardée comme le « fléau. Des exemples récents et cruels auroient « dû servir de leçons aux généraux de l'armée « d'Helvétie et les engager à faire, par le seul « motif de leur intérêt, ce que la justice et les « droits sacrés d'une nation alliée de la France « devoient réclamer d'eux » (1).

(1) 2 brumaire.

Depuis que Masséna avait pris sur lui d'infliger des « emprunts volontaires » aux principales villes de Suisse, quinze jours s'étaient écoulés, et l'état-major n'avait point encore jugé à propos de consulter Perrochel au sujet de l'opportunité des mesures arrêtées sans la participation de celui-ci. Irrité de la résistance des Bâlois et désireux d'éviter un éclat, le généralissime se décida subitement à faire appel à l'intervention du ministre plénipotentiaire. Il pria ce dernier de le venir joindre à Aarau, où il désirait conférer avec lui « sur des matières de la plus haute « importance ». L'entrevue eut lieu le 15 octobre. Masséna s'ouvrit à son interlocuteur de la situation précaire que créait à l'armée du Danube le manque de subsistances. Il lui fit part de sa résolution d'exiger le complet versement des sommes mises à la charge de la municipalité de Bâle, feignit de s'étonner de l'opposition que l'application de cette mesure rencontrait auprès du gouvernement helvétique, laissa entendre que ses troupes, prévenues du refus qu'il essuyait, songeaient à se porter aux pires extrémités envers les habitants de la cité récalcitrante, et ne cacha pas que l'attitude adoptée par le Directoire de Berne « provoquerait peut-être contre ses membres des « mesures que lui, général, avait la faculté d'exé« cuter, mais auxquelles il répugnait » (1).

Cette menace d'un appel à la force n'était certes pas faite pour ramener Perrochel. Celui-ci, loin de se rendre aux raisons de nécessité invoquées par Masséna, lui reprocha, tout au contraire, avec énergie, de ne l'avoir point prévenu à temps de ses desseins, alors qu'il eût été si facile d'engager le gouvernement suisse à venir en aide à l'armée « par des moyens réguliers ». Il lui déclara qu'il approuvait et soutiendrait le Directoire helvétique dans son opposition à des mesures illégales et lui demanda, en conséquence, de modifier sa déci-

(1) *Perrochel à Reinhard.* Berne, 24 vendémiaire (16 octobre). A. E. Suisse CCCCLXXI, 100.

sion en ce qui concernait l'emprunt bâlois. Mais la réponse de Masséna fut qu'il « te-« nait fortement à ses premières dispositions ». Dès lors, la rupture était inévitable entre le généralissime et le plénipotentiaire. Ils se séparèrent, après avoir convenu, toutefois, qu'ils constitueraient le gouvernement arbitre de leur différend (1).

Dans ses missives au gouvernement français, le Directoire helvétique avait, pour ainsi dire, pesé chaque mot, de manière à n'émettre aucune appréciation qui pût être considérée comme une atteinte à l'honneur privé du général en chef. « Ce n'est pas contre le général « Masséna que s'élèvent nos plaintes ; nous les « élevons contre ceux qui ont mis ce général « dans la nécessité de lever des contributions « en pays ami » (2). Perrochel, lui, n'est pas tenu aux mêmes scrupules. Il sait de quelle réputation suspecte a été précédé en Helvétie cet

(1) *Perrochel à Reinhard.* Berne, 24 vendémiaire.
(2) *Acten der Helvetik,* V, 21 (1*a*), p. 51.

homme de guerre, « dont l'éclatant triomphe fut « toujours obscurci par son amour exagéré de « l'argent » (1). Il sait qu'en février 1798, accusé, dans sa propre armée, de dilapidations montant à plusieurs millions, Masséna fut contraint, ensuite d'un soulèvement militaire, d'abandonner le commandement des troupes républicaines dans les États de l'Église. Il sait que, malgré le mémoire justificatif publié à cette occasion par *l'enfant chéri de la victoire,* tous les officiers, mis en jugement comme auteurs de la sédition, bénéficièrent d'un acquittement. Il apprendra plus tard, et ce sera sans doute sa consolation, que l'ancien commandant en chef de l'armée du Danube, passé avec le même grade à l'armée d'Italie, voit renaître contre lui ce grief de concussion dont il ne parvient pas à se blanchir et qui lui vaut une disgrâce momentanée de la part du premier consul (2).

(1) *Mémoires de Marbot,* III, 12.
(2) *Marbot,* III, 20.

Mais, dès le milieu de 1799, le ministre plénipotentiaire paraît avoir son opinion faite, quant à l'emploi réel d'une partie, à tout le moins, des contributions levées en Helvétie. « Le moment est venu » — écrit-il à Talleyrand, le 24 juillet — « d'introduire dans l'armée « même, et surtout parmi les chefs, les principes « d'honneur et de probité qui rehaussent la « gloire militaire et attirent l'estime et l'atta- « chement des peuples chés lesquels nos ar- « mées séjournent » (1). Plus tard, au lendemain de la victoire de Zurich, les insinuations de Perrochel revêtent une forme plus précise. Après avoir constaté que les troupes suisses ont coopéré au triomphe de l'armée, il ne peut taire ses sentiments d'amertume : « Et pour « preuve de leur dévouement, on sacrifie eux, « leur famille et leur pays à cette soif honteuse « de l'or qui convertit un héros en spoliateur

(1) *Perrochel à Talleyrand*. Berne, 6 thermidor (24 juillet). A E. Suisse CCCCLXX, 302.

« des peuples. C'est elle, c'est cette passion « des âmes dégradées que l'on doit regarder « comme la cause principale de nos revers et le « principe de cette haine profonde que nous « ont vouée les nations chés lesquelles nos ar- « mes ont pénétré » (1).

Amené à discuter l'opportunité et la nécessité des contributions imposées aux villes suisses, Perrochel constate, tout d'abord, que « le « dénuement le plus remarquable et le plus « réel est certainement dans les hôpitaux mili- « taires », mais ce dénûment, à son avis, n'excuse point la levée en pays ami d'un emprunt auquel il refuse la qualification de *volontaire* (2). « On peut remarquer, d'ailleurs, ajoute-t-il, que « les besoins de l'armée ont fourni sans cesse « des prétextes à plusieurs généraux français, *en* « *Italie et ailleurs,* pour commettre des vexa- « tions de tout genre, et cependant les armées

(1) *Perrochel à Reinhard.* Berne, 19 vendémiaire (11 octobre).
(2) Ibid. — et 11 brumaire (2 novembre). CCCCLXXI, 139.

« n'éprouvent aucun bien-être » (1). — « On « doit être étonné que ces besoins se soient « accrus, d'une manière si sensible, depuis la « bataille de Zurich » (2).

Perrochel touchait là un point délicat. Pourquoi, dans la missive « honnête » adressée par lui au gouvernement suisse, dix jours avant la victoire du 26 septembre, le généralissime n'avait-il pas laissé entrevoir l'état précaire de ses moyens financiers ? C'est qu'apparemment il les estimait suffisants. « Dès lors, on ne peut « pas savoir très mauvais gré au Directoire hel- « vétique, s'il ne s'est pas empressé d'offrir, en « signe de sa reconnaissance, un objet qui ne « paraissait pas occuper la pensée du général « Masséna » (3).

Sans attendre le résultat de la conférence projetée avec le vainqueur de Zurich, Perrochel avait demandé, d'une manière très nette, à

(1) 19 vendémiaire.
(2) *Perrochel à Reinhard*, 5 brumaire (27 octobre).
(3) 11 brumaire (2 novembre). CCCCLXXI, 139.

son gouvernement l'annulation des dispositions prises par le général en chef. « Je crois aussi » — ajoutait-il — « que, dans cette circonstance « importante, une juste sévérité commande un « exemple frappant et prouve à l'Univers que « le Directoire exécutif ne place à la tête des « armées que des généraux qui réunissent aux « talents militaires les vertus capables de faire « aimer et respecter le nom français » (1). Au lendemain de l'entrevue d'Aarau, l'ex-abbé de Toussaint d'Angers se déclarait certain d'être demeuré dans l'esprit de ses instructions, lesquelles lui prescrivaient de maintenir le traité d'alliance et l'indépendance de l'Helvétie (2).

Toujours est-il que Masséna continuait sa campagne d'intimidation contre Bâle et qu'aucun désaveu ne lui était infligé. Découragé par l'inutilité de ses efforts en vue de procurer quelque soulagement à l'Helvétie, le ministre

(1) 19 vendémiaire (Perrochel).
(2) 24 vendémiaire (Perrochel). CCCCLXXI, 100.

plénipotentiaire s'adressa, le 24 octobre, à Reinhard afin que celui-ci obtînt du Directoire son rappel. « Depuis un an, je n'ai cessé de peindre les malheurs qui s'appesantissoient sur la « Suisse... j'ai souvent représenté le préjudice « que notre conduite causeroit à la France en « excitant contre elle la haine des Helvétiens « qui, tôt ou tard, dans une circonstance ou « dans une autre, se ligueront fortement avec « nos ennemis et nous donneront lieu de regretter un jour les procédés tenus à leur « égard... Malgré mes efforts, je suis plus éloigné que jamais du but que je m'étois proposé. Peut-être que mon successeur sera plus « habile ou plus heureux et que la Suisse deviendra, par ses soins, et surtout par la volonté du gouvernement français, ce que la « nature de nos intérêts commande, l'amie fidèle de la République française » (1). Le même jour, dans une lettre au Directoire hel-

(1) Perrochel, 2 brumaire. CCCCLXXI, 113.

vétique, Perrochel engageait cette autorité à persévérer dans ses réclamations. « La justice « marche quelquefois d'un pas lent, mais elle « ne trompe pas ceux qui l'invoquent au nom « des droits les plus sacrés. C'est surtout au- « près du gouvernement français qu'on la ré- « clame toujours avec fruit, parce que rien ne « lui paraît utile que ce qui est juste... Ainsi « tout nous invite à attendre, avec une extrême « confiance, le résultat de nos démarches » (1).

(2) *Acten der Helvetik,* V, 21 (11).

XVI

Le Directoire français donne raison à Masséna contre Perrochel. — Déception que cette nouvelle cause en Suisse. — Rapport présenté par Reinhard sur les griefs du Directoire helvétique. — Après avoir reconnu que ces griefs sont fondés, il conclut néanmoins à leur inadmissibilité. — Missive forte adressée, le 20 octobre, au Directoire helvétique par le Directoire français. — Celui-ci s'engage formellement à rembourser les emprunts exigés par le généralissime. — Lettre laudative, mais déplacée, de Dubois-Crancé à ce dernier. — Parti qu'en tire Masséna.

Sans être extrême, la confiance des Directeurs helvétiques dans l'esprit de justice du gouvernement français devenait plus vivace depuis que Perrochel leur prodiguait ses encouragements. Elle fut cruellement déçue. L'enthousiasme qui salua en France la victoire de Masséna n'eut d'égal que le dédain avec lequel furent accueillies les réclamations du gouvernement suisse. Outre sa missive déjà citée, du 5 octobre, ce dernier en avait adressé deux autres à Paris, en date des 11 et 15 du même mois. Le citoyen Reinhard, ministre des Relations Extérieures, celui-là même qui avait failli remplacer Perrochel à Berne, en juillet, et qui devait s'installer dans cette ville, comme ministre de France, l'année suivante, se chargea de présenter au Directoire exécutif un rapport circonstancié sur les griefs formulés par l'autorité suisse.

Je ne sais rien de plus suggestif que la lecture du mémoire sorti de la plume de cet ancien Wurtembergeois. Aussi bien existe-t-il une telle opposition entre ses prémisses et ses conclusions que l'on serait tenté de croire qu'il fut composé sous l'influence de deux inspirations contraires. « On ne peut se dissimuler » — avoue ingénuement Reinhard — « que les Suisses

« n'ayent eu plusieurs raisons de se plaindre et « que leur sort n'ait été très malheureux. » Les sacrifices auxquels ils ont volontairement consenti sont considérables ; l'entretien des troupes françaises et auxiliaires, que la République avait tout d'abord assumé, s'est trouvé, « dans le fait, et par une suite inévitable de cir- « constances, » incomber à l'Helvétie, déjà « fou- « lée et ravagée par l'effet des premiers succès « de l'ennemi » ; de plus, il n'est que trop certain « que, non seulement elle a eu à supporter « une charge beaucoup trop forte pour elle, « mais encore que cette charge a été très ag- « gravée par les moyens dûrs et rigoureux » que l'on s'est vu contraint « d'employer dans un « pays qui donne d'autant plus difficilement « qu'il a moins à donner » ; une multitude d'abus et de vexations individuelles continuent à être commis par le soldat envers l'habitant, mais, vu les circonstances, on n'a « ni la volonté ni le pouvoir de les empêcher ». Quant à l'assistance militaire prêtée par les Suisses aux Français, Reinhard reconnaît qu'elle a été à peu près nulle, mais il ne fait aucune difficulté pour déclarer que la faute en est beaucoup moins au gouvernement suisse qu'au gouvernement de Paris, lequel « n'a jamais fourni suffisam-« ment aux frais d'enrôlement, d'équipement « et d'entretien, ainsi qu'il y était obligé par la « convention ». Le commissariat français des guerres a donc subvenu à la subsistance des troupes sur territoire helvétique « par des ré-« quisitions, par des demandes réitérées, ou « même par des moyens obligatoires, souvent, « par conséquent, assez indépendants d'une al-« liance offensive et défensive ».

De tout ce qui précède, la conclusion s'impose, n'est-il pas vrai ? Les griefs du Directoire helvétique sont fondés, en droit et en fait. Oui, certes; mais un blâme à Masséna équivaudrait à la méconnaissance des services rendus, et le Directoire français sent trop que ses jours sont comptés pour ne pas chercher à s'abriter derrière le prestige du vainqueur de Zurich.

Cet état d'esprit ne pouvait influer que d'une manière défavorable à la Suisse sur les conclusions du rapport confié au ministre des Relations Extérieures. Fort à propos, en effet, pour seconder les prétentions du généralissime, Reinhard s'avise que les plaintes dont il se trouve nanti ne sont, en somme, qu'une répétition de celles que son département reçoit depuis un an et que le Directoire exécutif n'a pas cru devoir accueillir. Le ton n'en est ni plus amical ni plus confiant ; tout au contraire, il apparaît plus sec, plus amer. « On attache trop d'im-« portance, en Suisse, à quelques démarches un « peu irrégulières, à quelques procédés un peu « brusques de la part des généraux et comman-« dants, alors qu'il faudroit les regarder, non « point comme des atteintes qu'on voulût por-« ter à l'indépendance de l'Helvétie, mais seu-« lement comme un effet, soit de l'habitude du « commandement militaire, soit de l'extrême « célérité que souvent les circonstances com-« mandent et qui n'est pas toujours conciliable

« avec l'exacte observation des formes. » Reinhard — sans se douter qu'il fait, par ricochet, le procès du généralissime — concède bien, il est vrai, que ces plaintes sont déterminées, d'une part, par l'attachement, peut-être excessif, pour l'*intérêt particulier,* attachement qu'on a souvent, et de tout temps, reproché aux Helvétiens, de l'autre, par une jalousie toujours inquiète et soupçonneuse de leur indépendance. Mais il ne peut pardonner au Directoire helvétique d'avoir si mal choisi son temps pour *soulever* la question délicate des contributions de guerre, dans lesquelles lui, Reinhart, persiste, au demeurant, à ne voir qu'un « emprunt volontaire » (1). Allant plus loin, et partant de ce point de vue que le traité d'alliance franco-suisse a été librement accepté des deux parts, il s'attache à démontrer qu'il s'agit, en l'espèce, beaucoup moins de l'intérêt commun que de

(1) *Rapport (de Reinhard) au Directoire exécutif, du... vendémiaire de l'an VIII.* A. E. Suisse CCCCLXXI, 105.

l'intérêt de la seule Helvétie. Les sommes exigées sont un peu fortes, il le reconnaît, « pour un pays qui a tant souffert », mais il ne doute pas que le général n'ait demandé le plus pour obtenir le moins. Reinhard engage, en conséquence, le Directoire français à approuver, dans leur ensemble, les actes de Masséna. Toutefois, afin de donner « la preuve éclatante » que le gouvernement de Paris ne témoigne pas à celui de Berne « le ressentiment qu'il auroit pu concevoir », le ministre des Relations Extérieures propose généreusement de faire abandon à l'État de Zurich des pièces d'artillerie enlevées dans ses arsenaux, sur lesquelles le généralissime lui-même n'avait pas cru devoir maintenir le séquestre (1).

Il est à supposer que, malgré les assurances contraires de Reinhard, le ressentiment des Directeurs français à l'égard de leurs collègues suisses persistait. La missive que ceux-là

(1) Ibid.

adressèrent à ceux-ci, *le 20 octobre*, en porte l'évidente trace. En termes concis et secs, le gouvernement de Paris marque « l'extrême surprise » que lui a causé la lecture des doléances helvétiques. Il regrette certes, que la brave armée française « se soit trouvée dans la nécessité « d'exiger un emprunt que la reconnoissance « publique eût dû lui offrir », mais il se refuse à admettre que cet emprunt ait pu être considéré comme un acte hostile et que l'on se soit « permis de déclarer prévaricateurs et traîtres « à la patrie les fonctionnaires publics qui, non « seulement ne se refuseraient pas à tout payement de la demande qui leur était faite, « mais même à toute négociation, tout pour-« parler à ce sujet »... « Les traîtres » à « la patrie » suisse ne sont pas ceux que suppose le Directoire de Berne. Comment ce dernier a-t-il pu confondre « cet emprunt, indispensa-« blement nécessaire, avec ces contributions « qu'une armée victorieuse ne lève que sur un « pays ennemi ? » Le gouvernement français a si peu l'intention de léser les intérêts matériels de ses alliés qu'il « met le remboursement de « cet emprunt au rang des dettes les plus « sacrées » et qu'il attend, dès lors, que les Directeurs helvétiques s'empressent de renoncer à leur injustifiable opposition (1).

La stupeur que produisit parmi les membres du gouvernement siégeant à Berne l'effondrement de leurs dernières espérances dans la justice de la cause suisse se doubla de l'amertume qu'ils ressentirent en apprenant que non seulement Masséna recevait de Paris un témoignage de pleine « approbation et satisfaction » (2), mais encore que son supérieur immédiat, Dubois-Crancé, ministre de la Guerre, lui adressait une lettre laudative, aussitôt publiée par le destinataire, et dans laquelle on relève cette phrase, à tout le moins dé-

(1) *Acten der Helvetik*, V, 21 (7, 10).

(2) *Le Directoire à Masséna*, 20 octobre (Arch. Guerre). — *Reinhard à Perrochel*, 3 brumaire (25 octobre). A. E. Suisse CCCCLXXI, 115.

placée : « Je vous ai trouvé bien modeste et « bien patient » (1).

Au total, le Directoire français avait fait siens tous les arguments invoqués par le général en chef de l'armée du Danube pour justifier sa conduite, et ces arguments se résumaient en ces trois propositions : « Je ne connois d'autres lois que celles de la nécessité. » — « L'armée que j'ai conduite à la victoire a des « droits sacrés à ma sollicitude. » — « C'est la « presque certitude d'un refus qui m'a poussé « à ordonner des réquisitions que l'on ne m'avait accordées jusqu'alors que de très mauvaise grâce » (2).

Quant aux sommes perçues à Bâle, à Zurich, à Saint-Gall, elles servirent, en partie, à payer un mois de traitement aux officiers et une décade de prêt aux soldats (3). Le reste fut, en

(1) *Acten der Helvetik*, V, 21 (8b).

(2) Ibid. V, 18 (2a). — *Pichon à Reinhard*. Berne, 7 frimaire, an VIII (28 novembre). A. E. Suisse CCCCLXXI, 225.

(3) *Acten der Helvetik*, V, 18 (2a).

vertu d'un ordre donné le 9 octobre, versé dans la caisse du payeur général de l'armée, caisse dont le généralissime se réserva la disposition (1).

(1) *Masséna au Directoire.* Zurich, 3 octobre; à *Soult,* Zurich, 9 octobre (Arch. Guerre).

XVII

Situation délicate de Perrochel. — Il reçoit de Reinhard l'avis qu'il a perdu la confiance du gouvernement. — Éloquente justification qu'il présente de sa conduite. — Sa brusque révocation. — Il reçoit l'ordre de quitter le territoire helvétique dans les vingt-quatre heures. — Conséquences de cette mesure irréfléchie. — Arrivée à Berne du citoyen Pichon, chargé d'Affaires. — Perrochel se retire à Delémont.

Masséna approuvé et encouragé, les Directeurs helvétiques « humiliés et foulés aux pieds », selon leur propre expression (1), Perrochel se trouvait dans une situation particulièrement délicate. J'ai dit plus haut que, depuis le 24 octobre, il se considérait comme démis-

(1) *Acten der Helvetik*, V, 21 (p. 51).

sionnaire. Mais son rappel n'avait point encore été prononcé, et la lettre par laquelle il donnait connaissance à Reinhard de sa résolution s'était croisée avec celle que ce ministre lui adressait le 25 du même mois. Hasard heureux qui lui permit, du moins, d'épuiser les arguments qu'il tenait en réserve pour justifier sa conduite et décerner un nouveau et solennel blâme à celle du généralissime.

L'un des passages de la missive du Directoire helvétique du 5 octobre qui avait éveillé le plus de susceptibilités parmi les Directeurs français était celui dans lequel on établissait un parallèle entre les exigences de l'armée française et celles des Austro-Russes. Reinhard, tout en enjoignant à Perrochel de « relever avec force » cette inconvenance, ne lui cachait pas que son attitude n'avait plus l'approbation du gouvernement. « Je dois vous dire...
« que les circonstances exigeaient impérieuse-
« ment que vous agissiez, en tout, de concert
« avec le général Masséna, et qu'au lieu de

« contrarier ses démarches, vous cherchassiez « à les seconder. Elles pouvaient ne pas vous « paraître toutes également régulières, mais « vous deviez penser que la nécessité, dont lui « seul peut souvent juger, ne permet pas tou- « jours l'exacte observation des règles et qu'il « importe qu'il ne soit point trop gêné dans « ses plans et dans ses mesures » (1). Or Perrochel écarte avec dédain ce blâme qui ne peut l'atteindre. Dans une lettre superbe d'é- nergie et d'honnêteté indignée, il réfute, pour la dernière fois, les arguments de son contra- dicteur et propose les seuls moyens qui, selon lui, peuvent mettre un terme au conflit. Puis, non content de se défendre d'avoir applaudi à tous les actes du Directoire helvétique, il prouve sans peine que, bien au contraire, il a reproché à cette autorité les termes de son arrêté du 8 octobre adressé à la municipalité de Zurich,

(1) *Reinhard à Perrochel*, 3 brumaire (25 octobre). A. E. Suisse CCCCLXXI, 115.

ainsi que l'envoi à Paris d'un simple courrier, au lieu d'une personne capable d'expliquer la situation. Mais, avant tout, le ministre plénipotentiaire met Reinhard au défi de relever, dans aucun de ses actes, quoi ce que soit de contraire à l'esprit ni à la lettre de ses instructions ou aux véritables intérêts des deux républiques. En revanche, les arrêtés du général en chef demeurent, à ses yeux, de pures exactions et il exprime, en terminant, le regret de n'avoir pas été revêtu d'un pouvoir suffisant pour en provoquer l'annulation (1).

En adressant à son supérieur hiérarchique une aussi virulente protestation, Perrochel s'attendait bien à ce qu'elle provoquât son prompt rappel. Mais il ignorait, certes, que son sort fût décidé, depuis quelques jours déjà, et que, le 27 octobre, à la réception de sa lettre de démission, le Directoire eût, de son propre mouvement, pris un arrêté le révoquant de ses

(1) *Perrochel à Reinhard*. Berne, 11 brumaire (2 novembre). Ibid., p. 139.

fonctions et lui enjoignant de quitter le territoire helvétique dans les vingt-quatre heures (1).

Combien cette mesure était irréfléchie, le ministre des Relations Extérieures, chargé de la faire exécuter, s'en convainquit sur-le-champ. Outre qu'elle pouvait être envisagée, non sans raison, comme une rupture des relations diplomatiques avec la Suisse, elle laissait la Légation française, sa chancellerie, ses archives, privés de titulaires, car Perrochel, depuis son installation à Berne, s'y trouvait seul, sans secrétaires ni attachés. Reinhard proposa donc et fit adopter au Directoire la nomination et le départ immédiat d'un secrétaire-chargé d'Affaires, avec la mission de recevoir le service des mains du plénipotentiaire révoqué. Le choix du ministre s'était porté sur le citoyen Louis-André Pichon — le *Bichon* des Mémoires de Jenner — sous-chef de la 2e division politique au département

(1) *Reinhard à Perrochel,* 9 brumaire (31 octobre). Ibid., p. 135.

des Relations Extérieures (1). Cet agent se mit en route sans retard. Il atteignit Berne, le 8 novembre au soir. Dès le lendemain matin, il se présentait chez Perrochel, lui signifiait l'arrêté de révocation le concernant, et entrait aussitôt en possession des archives de la Légation (2), à la réserve de quelques documents que le ministre rappelé estimait nécessaires à sa justification (3).

Sous le coup de la mesure brutale qui le frappait, Perrochel sut conserver l'attitude pleine de noblesse et de sereine fierté dont il ne s'était jamais départi au cours de sa mission. Il demanda et obtint audience des Directeurs helvétiques, auxquels il promit que « partout « où il se trouverait, il ne cesserait de faire « les vœux les plus sincères pour le bon- « heur, la liberté et l'indépendance de l'Hel-

(1) *Reinhard à Pichon*. Paris, 9 brumaire. Ibid , p. 134

(2) *Pichon à Masséna*. Berne, 18 brumaire (9 novembre). Ibid., p. 150.

(3) *Pichon à Reinhard*. Berne, 18 brumaire. Ibid., p. 148.

« vétie » (1). Puis, jaloux de ne point outrepasser le délai de vingt-quatre heures qui lui était accordé, il quitte Berne le lendemain, 10 novembre, à dix heures du matin, et se retire à Delémont, « content de jouir en paix « de la satisfaction » du devoir accompli (2). Mais, avant son départ, il tient à accuser à Reinhard la réception de la lettre par laquelle celui-ci lui annonçait sèchement, sans un mot de regret, sa brusque révocation, et il le fait avec cette ironie douce et résignée, seule capable d'amener à réflexion les esprits inconsidérés. « Je suis bien loin, citoyen ministre, de me « plaindre des dispositions de cet arrêté qui « met la fin la plus prompte à une mission « dont je désirois, depuis longtems, être dé- « chargé. Mais permettés-moi... de vous re- « présenter que, pour me mettre à même de « me conformer aux ordres du Directoire, il

(1) *Acten der Helvetik*, V, 21 (22).

(2) *Perrochel à Talleyrand*. Bienne, 11 frimaire (2 décembre). A. E. Suisse CCCCLXXI, 242.

« eût été nécessaire et convenable, tout à la « fois, que vous eussiez eu la bonté de me « faire passer des fonds pour liquider ce que je « dois en Suisse et pour payer les frais de mon « voyage. Vous concevés facilement... qu'il « n'est pas décent qu'un agent de la Républi- « que française parte aussi promptement d'un « pays étranger, où il était accrédité, sans satis- « faire aux dettes qu'il a contractées. Je crois « même que cela touche à l'honneur de son « propre gouvernement. Mais comme j'ai lieu « de penser que c'est un simple oubli, je « vais tâcher d'y remédier en empruntant une « somme suffisante pour payer mes dettes les « plus criardes » (1).

(1) *Perrochel à Reinhard.* Berne, 18 brumaire (9 novembre). Ibid., p. 147.

XVIII

Menaces de Masséna à l'adresse du gouvernement suisse. — Desseins hostiles qu'il prête à celui-ci. — Leur inanité. — Le traître Oberlin. — « Nécessité française » et « pauvreté helvétique ». — Pichon cherche à réconcilier l'autorité suisse avec le généralissime. — Dispositions conciliantes de La Harpe et de ses collègues. — Opinion de Pichon quant à l'origine et aux causes du conflit. — Départ des responsabilités.

Au bout de quelques heures de séjour à Berne, le représentant intérimaire du gouvernement français avait pu se convaincre que la crise surgie entre le Directoire helvétique et le généralissime tendait à revêtir un caractère aigu. Masséna faisait marcher des troupes vers la capitale et préparer un camp sur les hauteurs qui l'environnent (1). Or ce n'était certes pas dans l'intention de « fructidoriser » le Directoire, ni de prêter l'appui de son épée à la fraction avancée des Conseils, — comme il en avait été question jadis — que Masséna agissait de la sorte. Depuis la brouille survenue entre La Harpe, président du gouvernement helvétique, et lui, le généralissime affectait de n'avoir plus confiance dans aucun des représentants du pays qu'occupaient ses forces. (2). Et d'ailleurs, le coup d'État du 18 brumaire (10 novembre) allait modifier, du tout au tout, la situation politique des deux côtés du Jura (3).

Si Masséna recourt aux moyens comminatoires, c'est que, ainsi qu'il en avise le Di-

(1) *Pichon à Reinhard.* Berne, 18 brumaire (9 novembre). A. E. Suisse CCCCLXXI, 148.

(2) *Mainoni à Masséna.* Berne, 2 brumaire (Arch. Guerre). — *Pichon à Reinhard.* Berne, 7 frimaire (28 novembre). CCCCLXXI, 225.

(3) *Pichon à Reinhard.* Berne, 30 brumaire. Ibid., p. 197. — *Acten der Helvetik,* V, 21 (23).

rectoire français, « il cherche à mettre le « gouvernement helvétique dans l'impossibi- « lité de donner de l'explosion aux mouve- « ments d'insurrection que celui-ci organise « contre l'armée » (1). Ses craintes sont peut-être vaines ou, à tout le moins, exagérées, comme l'insinue Pichon (2). Il n'en est pas moins certain que sa bonne foi est entière. Il existe, en effet, un traître au sein même du Directoire helvétique, et ce traître n'est pas le tribun Ochs que ses collègues ont expulsé, quelques mois auparavant, mais le citoyen Oberlin dont la correspondance livre au généralissime le résultat des délibérations les plus secrètes de ses collègues. « La chère vôtre du 25 vendémiaire « m'est parvenue » — écrit-il à Masséna, le 22 octobre. — « L'entrevue que j'ai eue avec le « général commandant Mainoni m'a fourni « l'occasion de l'instruire sur des circonstances

(1) *Masséna au Directoire*, 13 octobre (Arch. Guerre).

(2) *Pichon à Reinhard*. Berne, 21 brumaire (12 novembre), A. E. Suisse CCCCLXXI, 164.

« dont il n'aura pas manqué de vous commu-
« niquer le résultat. Le courrier extraordinaire
« envoyé par notre Directoire au gouverne-
« ment français à Paris, avec ses dépêches rela-
« tives à l'imposition de l'emprunt de Zurich,
« est encore attendu. Ce retard de réponse ai-
« grit les esprits de notre opposition, les rend
« opiniâtres et les porte à former le plan *per-*
« *vers* de refuser ou de retarder à votre brave
« armée les subsides et secours les plus ur-
« gents, à l'intention de la provoquer à toutes
« sortes d'excès, d'accueillir partout des plaintes
« et de les faire passer en masse à Paris par le
« canal du ministre Perrochel qui continue de
« leur servir de point d'appuy et de soutien.
« Entr'autres, les mal intentionnés cherchent à
« découvrir la réalité d'un bruit, qui s'est ré-
« pandu, que la ville de Winterthur ait trouvé
« le moyen de racheter son imposition d'em-
« prunt forcé, moyennant une gratification de
« 1000 louis d'or, pour augmenter, par là, le
« nombre des griefs contre vous. Voilà... le

« résultat de mes remarques... Vous en ferés « usage tel que vous jugerés convenable, sous « ménagement pourtant de mon nom ; mal- « heureusement nos autorités constituées sont « gangrenées en général ; elles ont besoin d'é- « puration » (1).

Mais bientôt la haine qu'il porte à La Harpe pousse Oberlin à une démarche infiniment plus grave. « Encore une chose, mais à l'o- « reille, citoyen général, notre Directoire, il y « a peu de jours, a pris un arrêté qui ordonne « aux trois ministres de la guerre, des finances « et de l'intérieur de faire des perquisitions « sur les moyens d'organiser et de lever en « Helvétie un corps d'armée de 25 à 30,000 « hommes, sous les apparences de seconder « l'armée française à chasser l'ennemi de nos « frontières, mais, en effet, de se mettre en me- « sure d'opposition contre tout système d'im- « position et de réquisition. Il est essentiel

(1) *Oberlin à Masséna*. Berne, 22 octobre 1799 (Arch. Guerre).

« que ce projet parvienne à votre connais-
« sance, sous le ménagement de mon nom,
« quoique je le considère comme de la fumée
« sans effet » (1).

Comment s'étonner, dès lors, que ces honteuses missives, envoyées à Paris, grâce aux soins de Masséna, aient pu servir de justification aux mesures rigoureuses édictées par celui-ci à l'égard des autorités helvétiques (2) ?

Cependant la « nécessité française » continuait à demeurer aux prises avec la « pauvreté helvétique » (3). Toutefois, la lutte était par trop inégale. Aussi, le Directoire de Berne, prêt à reconnaître sa faiblesse, mais non point ses torts (4), cherchait-il l'occasion d'opérer une retraite honorable. Pichon s'attacha à lui procurer cette satisfaction. Déjà, lors de sa première

(1) *Oberlin à Masséna*. Berne, 30 octobre (Arch. Guerre).

(2) *Masséna au Directoire français*. Zurich, 4 octobre (Arch. Guerre). — *Mémoires de Masséna*, III, 413.

(3) *Pichon à Reinhard*, 7 frimaire (28 novembre).

(4) *Id.*, 21 brumaire (12 novembre).

visite aux membres du gouvernement suisse, le chargé d'Affaires s'était convaincu du sincère désir qui les animait d'arriver à une entente. Tous, aussi bien les modérés que les avancés, se trouvaient acculés à ce dilemme : réconciliation avec le généralissime ou démission. Chez tous, Pichon rencontra « accueil cordial, « abandon parfait, confiance entière » (1). Aucun d'eux — le chargé d'Affaires était prêt à s'en porter garant — n'avait jamais songé à autre chose « qu'à une résistance de plume » (2). « On a réellement cru qu'il fallait faire « une espèce de protestation qui montrât « qu'on n'était pas entièrement passif instru- « ment sous la main de la France » (3). « Ce « sont aujourd'hui — ajoute Pichon — des « enfants étonnés, après avoir joué avec du « feu, d'avoir été sur le point d'allumer un

(1) *Pichon à Reinhard.* Berne, 19 brumaire.

(2) Ibid.

(3) Ibid., 29 brumaire.

« incendie qui les eût dévorés» (1). Au sentiment du chargé d'Affaires, le conflit eût pu être évité. Ce sont des « piques personnelles » (2) et le défaut d'entente entre le général en chef et le ministre plénipotentiaire qui ont causé tout le mal (3). De part et d'autre, on paraît avoir manqué de sens rassis et les torts, au surplus, sont réciproques.

Simple secrétaire de légation, Pichon était un trop petit personnage pour qu'il lui fût possible de se soustraire à l'ascendant de Masséna dont on lui enjoignait, d'ailleurs, d'accueillir les avis avec déférence (4). Son opinion ne peut donc être suspectée de partialité, quand elle se trouve en contradiction avec celle qui domine au quartier-général. Amené à départager les responsabilités encourues par le gouvernement suisse, le ministre plénipotentiaire et le comman-

(1) 19 brumaire.
(2) Ibid.
(3) Ibid.
(4) *Pichon à Reinhard.* Berne, 24 brumaire. CCCCLXXI, 176.

dant en chef, il s'acquitte de ce devoir avec une louable franchise. S'il reproche à Perrochel de n'avoir pas arrêté, ou même d'avoir encouragé le Directoire helvétique dans la voie périlleuse où il s'engageait (1); s'il admet que ce dernier a fait preuve « de plus d'inexpérience que de mau- « vaise volonté » (2) en se refusant à reconnaître que le généralissime se trouvait acculé à une nécessité « impérieuse, irrésistible » (3), il est fort éloigné, en revanche, d'approuver tous les actes de l'autorité française, aussi bien ceux ordonnés par le ministre de la Guerre que ceux dûs à l'inspiration du généralissime. Tout d'abord, il constate avec regret que si les réquisitions sont devenues nécessaires, c'est au manque de prévoyance de l'administration militaire que la chose est imputable (4). « Une admi- « nistration helvétique eût fait tout et mieux et

(1) *Pichon*, 19 brumaire.
(2) *Pichon*, 2 frimaire.
(3) *Mémoire*. A. E. Suisse CCCCLXXI, 161.
(4) *Pichon*, 7 frimaire.

« à meilleur compte que les fournisseurs fran-« çais », mais les propositions soumises à ce sujet n'ont même pas été examinées par les bureaux compétents (1).

Quant à Masséna, si Pichon ne lui impute pas à grief d'avoir levé des contributions, il lui reproche, pourtant, de continuer à les faire rentrer avec dureté, alors surtout qu'elles sont devenues moins nécessaires et que deux millions ont été déjà perçus (2). Sans doute, le généralissime a reconnu, depuis, que sa conception première du service des réquisitions prêtait à des abus ; il l'a amélioré (3), mais ne persiste-t-il pas dans son oubli de la forme, en se passant du concours du gouvernement suisse, en faisant arrêter à Bâle un négociant de cette ville, qui n'est nullement justiciable des tribunaux militaires français, et en livrant à la publicité la lettre imprudente de Dubois-

(1) *Pichon,* 29 brumaire.
(2) *Pichon,* 19 et 21 brumaire et 5 frimaire.
(3) *Pichon,* 7 frimaire.

Crancé (1)? Au total, « on redouble, du côté « de la force, des mesures vexatoires et mena- « çantes ; du côté de la faiblesse, de roideur et « d'acrimonie » (2). Aussi longtemps que cette pression durera, « c'est un rêve que la Répu- « blique helvétique » (3).

(1) *Pichon,* 5 frimaire.
(2) *Pichon,* 7 frimaire.
(3) *Pichon,* 29 brumaire.

XIX

Symptômes de détente. — Missions de Jenner à Zurich, puis à Paris. — Le dix-huit brumaire. — Son contre-coup en Helvétie. — Masséna maintenu à la tête de l'armée du Danube. — Mise en liberté de Philippe Mérian. — Départ de Masséna pour l'Italie. — Échange de lettres amicales entre le Directoire helvétique et lui. — Épilogue.

Rêve ou réalité, il était temps que la situation anormale dont souffrait l'Helvétie prît fin. La « contenance du général » avait effrayé le gouvernement ; la lettre du Directoire français lui en avait « imposé »; mais elle ouvrait, du moins, une porte « à un retour amical qui « n'avait rien d'humiliant » (1). Dès lors, au sen-

(1) *Mémoire, de l'an VIII.* A. E. Suisse CCCCLXXI, 161.

timent de Pichon, « il ne pouvait pas ne pas s'em-
« presser d'y passer » (1). La garantie solennelle de l'emprunt par la nation française, substituée à la garantie unique du généralissime — idée dont la conception appartenait en propre à Perrochel (2) — était une base sur laquelle il devenait possible de négocier. Déjà, le 1er novembre, Amédée Jenner, délégué du gouvernement helvétique, s'était porté à Zurich, avec la mission de proposer à Masséna une avance de deux millions, fournie par le commerce suisse et gagée par des bons en remboursement émis par le gouvernement français (3). Malheureusement le généralissime, outré d'une résistance à laquelle il ne s'attendait point, venait d'éconduire avec brutalité un autre agent du Directoire de Berne, le citoyen Robert. Il consentit, néanmoins, à recevoir Jenner, mais le renvoya

(1) *Pichon,* 19 brumaire.

(2) *Perrochel à Reinhard.* Berne, 11 brumaire (2 novembre). A. E. Suisse CCCCLXXI, 139.

(3) *Acten der Helvetik,* V, 33 (24).

à se pourvoir auprès du Directoire français. C'était la solution que Perrochel avait toujours préconisée (1). Elle fut adoptée sans retard (2), et bientôt Jenner, nommé commissaire extraordinaire, put écrire de Paris que les négociations y étaient en bonne voie.

L'ouverture de conférences à Paris était certes un grand pas vers la conciliation. Néanmoins, le plus ardu restait encore à faire. Il s'agissait de « ramener le général » (3), toujours inabordable dans son camp de Zurich. La joie causée en Suisse par la chute du Directoire avait été brève (4). Perrochel, dont on espérait le retour, continuait à séjourner dans l'ancien évêché de Bâle (5) et Masséna, dont le rappel était désiré, demeurait à la tête de l'armée du

(1) *Perrochel*, 11 brumaire.

(2) *Pichon à Reinhard.* Berne, 28 brumaire. A. E. Suisse CCCCLXXI, 187. — Jenner partit le 30 brumaire pour Paris (*Pichon*, 30 brumaire. Ibid., 197).

(3) *Pichon*, 19 brumaire.

(4) *Pichon à Reinhard.* Berne, 26 brumaire. — *Bégos à Pichon*. Berne, 27 novembre (A. E. Suisse CCCCLXXI, 178, 229).

(5) *Perrochel à Talleyrand.* Bienne, 2 décembre.

Danube (1). Des deux parts, on s'observait. Le Directoire helvétique eût souhaité que le général prît l'initiative des premières avances. Le général attendait, pour rapporter ses arrêtés, que le Directoire helvétique lui en fît la demande (2).

Cependant, à la longue, les dispositions du vainqueur de Zurich devenaient plus conciliantes. C'est ainsi qu'il s'était décidé à prescrire la mise en liberté du négociant bâlois, dont l'arrestation arbitraire avait soulevé l'opinion en Helvétie, et l'envoi aux chambres administratives des cantons forestiers d'une somme de 70,000 francs destinée à secourir les nécessiteux de leur ressort (3). Il semblait donc que l'on fût à la veille de s'entendre. Pichon, sollicité par les Directeurs helvétiques, se rendit à Zurich, afin de résoudre les dernières difficultés pendantes, mais il n'y trouva plus Masséna. Celui-ci, désigné par Bonaparte

(1) *Pichon*, 29 brumaire, 2 et 7 frimaire.
(2) *Pichon*, 7 frimaire.
(3) *Pichon*, 12 frimaire.

pour rallier les débris de l'armée d'Italie rejetés dans les Apennins, venait d'abondonner le commandement de l'armée cantonnée en Helvétie et de se mettre en route afin de rejoindre son nouveau poste. Mais, avant de quitter Zurich, il avait adressé au gouvernement suisse une lettre « très amicale », dans laquelle il laissait entendre que tout était oublié et rendait à l'Helvétie « cette justice solennelle... qu'elle avait « dignement rempli sa tâche » (1). Le Directoire helvétique n'en demandait pas davantage pour désarmer de son côté ; il le fit, d'ailleurs, dans des termes pleins de mesure et d'élévation, car, en louant, comme il convenait, le vainqueur de Zurich, il eut assez d'esprit pour ne rendre hommage qu'à ses seules vertus militaires, à son habileté de stratégiste et à la gloire impérissable qu'il s'était acquise « en dé- « truisant les mercenaires qui venaient apporter « des fers à l'Helvétie » (2).

(1) *Acten der Helvetik,* V, 33 (38). — *Pichon,* 12 frimaire.
(2) *Acten der Helvetik,* V, 137 (4).

Ainsi se terminait brusquement, de la manière la plus pacifique et la plus inattendue, le long duel engagé entre l'ancien contrebandier niçois, devenu généralissime d'une armée de 100,000 hommes, et les représentants du peuple suisse. Il restait, toutefois, à ce dernier bien des crises à traverser avant de reconquérir la paix intérieure que deux ans d'occupation étrangère et d'insurrections toujours renouvelées n'avaient cessé de troubler.

Des trois souhaits que Perrochel, à l'instant de son départ, formait à l'adresse de l'Helvétie : *bonheur, liberté, indépendance* (1), un seul, la liberté, commençait à prendre corps. L'ancien ministre n'assista point à la réalisation des deux autres. Il s'éteignit, en 1810, dans la retraite et la médiocrité. Vers cette époque, Masséna, devenu maréchal de France, duc de Rivoli, prince d'Essling, jouissait par le cumul de ses divers titres et fonctions d'une dotation d'un million

(1) *Acten der Helvetik.* V, 21 (22).

de rente (1). Ce simple rapprochement est assez suggestif pour se passer de commentaires. Mais si, comme le remarquait mélancoliquement Perrochel, dans une de ses dernières lettres au Directoire helvétique, « la justice marche quelquefois d'un pas lent », son triomphe, un jour ou l'autre, n'en est pas moins assuré. Ce jour est venu, semble-t-il, pour Perrochel. Puisse l'étude que je viens de consacrer à sa trop courte carrière helvétique amener le lecteur à partager cette opinion.

(1) *Mémoires de Marbot*, III, 20.

PIÈCES JUSTIFICATIVES *

* L'orthographe de toutes les pièces et citations qui précèdent et qui suivent, qu'il s'agisse d'originaux, de minutes ou de copies du temps, est scrupuleusement reproduite.

I

(p. 18.)

Aff. Etr. Suisse. XXXIX. 36 or.
Mémoires et documents 1798, octobre.

*Mémoire pour servir d'*Instructions *au citoyen Perrochel, ministre plénipotentiaire de la République française près la République helvétique.*

Pendant la guerre que la France a soutenue contre la plus grande et la plus forte partie de l'Europe, le Corps helvétique, malgré l'apparente neutralité dont il fesait profession, n'avait cessé de favoriser de ses vœux, et souvent de sa secrette assistance, les efforts de la coalition. La Suisse était devenue l'asile de nos ennemis les plus actifs, le foyer de leurs intrigues, le berceau de toutes les conspirations qui ont compromis notre liberté et notre repos intérieur.

Elle renfermait cependant un grand nombre d'amis de la France et de nos principes ; mais ils gémissaient, comprimés par l'oppression héréditaire de quelques familles, et ceux qui crurent pouvoir laisser éclater leurs vœux en notre faveur et s'associer à nos succès par la joie qu'ils en témoignèrent furent regardés, dans plusieurs cantons, et notamment à Berne et à Fribourg, comme des perturbateurs du repos public, et forcés de s'expatrier. La France devint leur asile et, lorsque l'oligarchie bernoise eut appesanti son joug, d'une manière intolérable, sur le pays de Vaud, ces réfugiés réclamèrent l'appui de la France, garante des anciens traités par lesquels les droits du pays de Vaud étaient expressément réservés. La République ne pouvait refuser de remplir les devoirs de la garantie et, par son arrêté du 8 nivôse an VI, le Directoire déclara aux gouvernants de Berne et de Fribourg que les habitans du pays de Vaud n'auraient point en vain réclamé sa médiation si on s'obstinait à leur refuser la restauration de leurs anciens droits. Cette époque fut décisive pour la liberté de l'Helvétie.

D'une part, les patriotes du pays de Vaud redoublèrent d'énergie et d'efforts, pendant qu'au nord de la Suisse, le canton de Basle commençait à ressentir l'influence salutaire d'une paisible régénération.

De l'autre, les gouvernements de Berne et de Fribourg unirent leurs efforts et leurs complots pour résister à la propagation des principes. Bientôt les deux partis furent en présence ; l'agression des Bernois provoqua le combat et décida la victoire ; le pays de Vaud fut libre, et Berne expia, au même temps, le crime de sa longue usurpation. Avec Berne s'écroula le gothique édifice de la constitution helvétique. Les meilleurs esprits de cette nation connaissaient la nécessité de substituer au gouvernement fédéral un gouvernement unique. Une constitution, rédigée par des hommes justement célèbres dans leur pays, fut bientôt donnée au peuple helvétique et obtint l'assentiment de sa grande majorité.

La résistance des Petits-Cantons et les mouvements du Valais exigèrent quelques nouveaux efforts, mais un prompt succès les suivit et, dans ce moment, l'Helvétie voit sa révolution faite et son gouvernement organisé.

La guerre momentanée qui avait eu lieu entre la France et la Suisse avait rompu tous les liens politiques qui unissaient l'une à l'autre. Aussi bien ces rapports, tels qu'ils existaient avec l'ancienne confédération helvétique, n'étaient plus convenables, et le traité d'alliance offensive et deffensive qui a été conclu à Paris le 2 fructidor de l'année dernière les a rétablis sur le pied où ils devront invariablement demeurer entre deux nations réunies par les bienfaits du voisinage, par la communauté évidente de leurs intérêts et par l'analogie de leurs gouvernements.

Ce n'est donc plus dans le passé qu'il s'agit de chercher les éléments de la conduite qui est à prescrire au citoyen Perrochel, nommé par le Directoire ministre plénipotentiaire de la République française près la République helvétique. Ses instructions et ses devoirs sont tous dans le traité d'alliance, comme sa mission en est déjà un des premiers effets, car elle atteste la parfaite indépendance du gouvernement près duquel il est accrédité ; et l'intention du Directoire est que toute sa conduite soit particulièrement dirigée à respecter et à faire ressortir sans cesse cette indépendance. Il n'oubliera jamais qu'il est envoyé vers une nation libre, vers un gouvernement ami, et que, si quelques faits inséparables de l'état de guerre avaient froissé le cœur des Helvétiens, en affectant leur dignité, c'est au ministre plénipotentiaire de la République à faire oublier ces moments d'angoisse et à contribuer, de tout son pouvoir, au plus grand développement de l'énergie qui est dans le cœur des descendants de Guillaume Tell.

Le premier soin du citoyen Perrochel sera donc de se pénétrer de toutes les parties du traité d'alliance, soit pour presser l'exécution de quelques articles, soit pour conformer à tous sa conduite de tous les jours et ses rapports habituels avec le gouvernement helvétique.

A ce sujet, il sera donné au citoyen Perrochel copie du traité patent et des articles secrets.

A l'époque où ce traité fut conclu, on ne prévoyait pas que l'article 2 dût trouver sitôt son application ; mais le moment est décisif ; l'Autriche ne dissimule plus ses intentions hostiles ; ses troupes sont entrées dans le pays des Grisons. Cette violation de leur neutralité nous délie de toutes les promesses conditionnelles que nous avions faites de la respecter et, puisqu'elle menace si immédiatement l'Helvétie et nous, il est temps de se préparer à repousser énergiquement ses aggressions. Le Directoire helvétique s'en sera déjà sans doute occupé et, peut-être, il va requérir, conformément à l'article 2 du traité, la coopération de la République française contre un ennemi qui se montre à découvert; mais, comme cette réquisition mettrait à la charge de l'Helvétie les troupes qui lui seraient envoyées, et comme ses intérêts s'identifient aux nôtres, le Directoire a résolu de requérir lui-même du gouvernement helvétique la levée de dix-huit mille hommes, qui seront employés de la manière la plus avantageuse aux deux Républiques. Le citoyen Perrochel sera porteur de cette réquisition ; et, aussitôt qu'il sera arrivé à Lucerne, il remettra au Directoire helvétique la lettre du Directoire français et pressera l'exécution des mesures qui seront prises en conséquence.

Le citoyen Perrochel remarquera que l'article 4 du traité patent manque encore d'exécution. En conséquence, il demandera qu'il soit formé une commission pour procéder, contradictoirement avec celle de la République, à la rectification des communes frontières, sur les bases énoncées dans cet article, et préparer la convention additionnelle qui devra être annexée au traité.

De même, il fera sentir l'urgente nécessité de commencer les travaux qui doivent rendre praticables pour une armée les routes fixées par l'article 5 et il n'aura pas de peine à obtenir du Directoire helvétique que, jusqu'à l'entier achèvement de ces routes, il soit procuré aux troupes françaises, que des intérêts communs appelleraient en Italie ou en Allemagne, les moyens de traverser l'Helvétie de la manière qui serait jugée la plus convenable.

L'article 9 du traité patent a déjà été, en Helvétie, l'occasion de quelques difficultés. Comme la législation de cette République n'a point encore fait disparaître les privilèges et corporations de marchands et ouvriers, des Français, qui ont voulu établir à Basle un commerce permis, ont été repoussés.

Le citoyen Bignon a déjà réclamé en leur faveur l'exécution de cet article 9 et, après quelques discussions, il l'a obtenue. Le citoyen Perrochel veillera à ce que de pareilles difficultés ne s'élèvent dans aucune partie de l'Helvétie, et il saisira même l'occasion de faire comprendre au gouvernement combien il serait favorable à la prospérité des Helvétiens qu'on se hâtât de les débarrasser des entraves que les petites vues du gouvernement fédératif avaient mises partout à l'industrie.

On ne suppose point que les autres articles du traité patent éprouvent aucune opposition dans les cas où ils sont applicables ; mais, s'il arrivait qu'il s'en élevât quelqu'une, le ministre de la République aurait soin de la combattre par la voie accoutumée des discussions diplomatiques et de réclamer l'entière exécution des clauses du traité.

Il apportera le même soin pour l'exécution des articles secrets.

Nos demandes officielles au Congrès attestent assez que nous ne perdons point de vue la réunion du Frickthal au territoire helvétique. Celle des Ligues Grises, pour laquelle nous n'avons pu promettre qu'un concours accidentel, sera l'objet d'une instruction particulière pour le citoyen Perrochel.

Si quelque chose manquait encore à l'exécution de l'article 2, le ministre de la République sera prévenu, en temps opportun, d'en poursuivre le complément.

De notre part, l'article 3 sera fidèlement exécuté et, quant à l'article 4 et dernier, le Directoire persiste dans l'intention de retirer les troupes françaises du territoire helvétique à l'expiration des trois mois, à moins que les circonstances ne soient telles que l'intérêt commun des deux nations ne rendit nécessaire la prolongation de leur séjour en Helvétie, auquel cas le gouvernement français consentirait à ce qu'elles y demeurent, sans se prévaloir même de l'article 2 du traité patent et consentant (*sic*) à payer l'entretien de l'armée française aussi longtemps qu'il la laissera sur le territoire helvétique.

Ce n'est pas seulement par cette détermination

que le Directoire français aimerait à prouver au gouvernement helvétique tout l'intérêt qu'il prend à la sécurité et au bonheur de sa nation. Quoique le traité se soit tu sur l'arriéré des contributions qui avaient été imposées, pendant la guerre, sur les cantons agresseurs, le Directoire demeure constamment résolu à faire une remise sur ce qui est encore dû, et il n'attend pour la régler que de connaître à quel point les circonstances permettront que la contribution soit réduite.

Le citoyen Perrochel est donc autorisé à communiquer de nouveau au gouvernement helvétique cette détermination. Il lui réitérera, en même temps, l'assurance que tous les soins du Directoire auront volontiers pour objet de lui faciliter, en toute occurrence, les moyens de remplir envers ses concitoyens la tâche honorable qu'il a reçue de travailler à leur bonheur.

C'est dans la vue de ne point perpétuer la trace de ce que le passé a de pénible, et pour se livrer sans partage aux améliorations du présent, que le Directoire trouverait utile qu'on cessât toute poursuite contre les anciens gouvernants des cantons olygarchiques. Et comme les papiers du conseil secret de Berne, devenus, par la conquête, le partage de l'armée française, sont encore sous le scellé de son commissaire, il pense que le Directoire helvétique n'insistera point sur la demande qu'il a faite que ces papiers lui soient remis et qu'il approuvera que le gouvernement français en fasse faire lui-même l'inventaire et, qu'en lui remettant les pièces qui seraient utiles à sa gestion, il conserve toutes celles qui ne serviraient qu'à donner matière à de longues haines et à d'inutiles ou dangereuses vengeances.

Le citoyen Perrochel recevra du citoyen Rappinat, dont les fonctions politiques cesseront du moment que le ministre de la République sera rendu à son poste, communication de tous les renseignements qui pourraient lui être utiles. Le citoyen Rappinat lui remettra, en même temps, les papiers de la Légation française en Helvétie qui lui ont été confiés par le citoyen Mengaud à l'époque de son rappel. Le citoyen Perrochel trouvera à Bâle, auprès du citoyen Bignon, ce qui complettera les archives de la Légation.

Aussitôt que ses lettres de créance auront été présentées et reçues, il entretiendra seul des relations officielles avec le gouvernement helvétique et, dans ses rapports avec lui, il ne perdra jamais de vue (ainsi qu'il lui a déja été expressément recommandé) qu'il doit éloigner surtout ce qui tendrait à montrer ou à exercer sur cette nation indépendante et amie une influence autre que celle qui résulte naturellement de la réciprocité des intérêts, de l'activité d'un zèle prudent et de l'utilité des bons conseils.

Il sera à propos que le citoyen Perrochel, fesant souvent usage des communications verbales, et portant, dans ses conférences avec les membres du gouvernement, de la sincérité sans aigreur, de la chaleur sans violence, réserve les communications écrites pour les cas où elles seront indispensables.

Indépendamment des objets indiqués dans le présent mémoire et qui réclament les soins tout particuliers du citoyen Perrochel, il lui sera remis des instructions générales et communes à tous les agents de la République qui sont pareillement recommandés à son zèle et dont il ne négligera point de remplir toutes les dispositions.

TREILLARD.
MERLIN.
M. REVELLIÈRE-LÉPEAUX.
BARRAS.

II

(p. 21.)

Aff. Etrangères
Suisse CCCCLXIX, f° 69.

An VII, 12 pluviôse
Paris.
31 janvier 1799

Extrait d'une lettre écrite par le citoyen Amédée Jenner, ministre de la République helvétique à Paris, au citoyen Rapinat, commissaire du gouvernement de la République française en Helvétie.

Après un voyage assez désagréable par la saison, je me trouve cependant heureusement de retour à Paris, et je croirois manquer à moi-même, en tardant davantage de vous exprimer, citoyen commissaire, mes sentiments reconnoissants pour vous. Vous m'avez comblé de bontés personnellement; ma patrie vous doit tant, que ma reconnaissance survivra à tous événements, bien heureux si jamais je pouvois vous prouver et aux vôtres ce que je sens. Le jour de votre arrivée étoit précédé de bien des mésentendus et d'inconvénients entre les deux nations ; le jour du départ sera pour nous celui d'un deuil général. Vous avez acquit tant de droits sur nous, que jamais la Suisse ne pourra l'oublier. Vous avez le prix de votre ouvrage, en vous-même, d'avoir fait le bien d'une nation intéressante, de l'avoir rendue à jamais l'amie sincère de son antique alliée. Et la France vous le doit à vous seul. Vous avez fait le bien et vous ne pouvez ni en douter, ni l'ignorer. Ce sentiment chez une âme telle que la vôtre est déjà une chose qui vous paye de vos travaux.

Je vous prie de me soutenir dans mes réclamations pour vous conserver ; c'est l'intérêt de votre nation et de la mienne qui l'exige ; faites encore ce sacrifice de votre tranquillité pour un pays que vous estimez.

Recevez l'assurance de ma considération et dévouement sans bornes.

(Signé) A. Jenner.

III

(p. 27.)

Aff. Etr. Suisse. CCCCLXVIII 330 cop.
Correspondance politique. 1798, fin d'octobre.

Supplément d'Instructions pour le citoyen Perrochel.

La situation présente des Ligues Grises exige que le citoyen Perrochel reçoive, à cet égard, des instructions particulières.

Jusqu'ici, les tentatives qui ont eu lieu pour déterminer les Grisons à se réunir à l'Helvétie, l'avantage bien démontré de cette réunion, sont restées sans effet. Ce pays était livré à de nombreuses factions, dont celle qui tenait pour l'Autriche était la plus active. Si quelques bons esprits tendaient à la réunion avec l'Helvétie, un plus grand nombre était entraîné par l'Autriche, qui caressait le sentiment principal du pays, celui de l'indépendance, et qui profitait contre nous des regrets qu'avait causés la perte de la Valteline.

Il était à craindre qu'en provoquant trop ouvertement la réunion à l'Helvétie, nous procurassions à l'Autriche de nouveaux partisans, et que la moindre atteinte portée, de notre part, à la neutralité des Ligues servît de prétexte à l'empereur pour envahir le pays et le réunir peut-être à ses possessions du Tyrol.

Ces considérations avaient déterminé le Directoire à déclarer, dès le premier prairial dernier, qu'il respecterait la neutralité des Ligues, autant qu'elle le serait par l'Autriche, et depuis il avait même annoncé l'intention de traiter avec les Grisons indépendants et de garantir leur indépendance, si elle se montrait entièrement dégagée de toute influence autrichienne.

Mais une résolution aussi sage, en déjouant toutes les espérances de la cour de Vienne qui avait compté sur quelque agression de notre part, l'a portée elle-même à commencer l'attaque et, après quelques manœuvres préparatoires, dirigées par ses agents et qui ont jetté les Ligues dans le plus grand désordre, ses troupes viennent d'entrer sur le territoire grison, et elles ont déjà passé le *Luciensteig*.

Ainsi l'Autriche elle-même nous a dégagés de

toute promesse envers la neutralité des Ligues. Le Directoire se réserve de faire connaître au citoyen Florent Guyot, qui s'est retiré sur le territoire helvétique, ses déterminations ultérieures, mais, pour commencer à faire sentir aux Grisons les conséquences de leur honteux abandon, il a déjà autorisé le résident à suspendre l'effet de tous les passeports qu'il avait délivrés pour la France et à faire usage de tous les moyens de rigueur qui pourraient entraver le commerce et les communications des Ligues avec la République française. Il sera nécessaire que des mesures semblables soient prises par la République helvétique, et le citoyen Perrochel aura soin de se concerter avec le citoyen Florent Guyot pour proposer, à cet égard, au gouvernement helvétique les dispositions convenables.

IV

(p. 34 et 50)

Aff. Etr. Suisse
CCCCLXIX f° 201 or.

An VII, 27 ventôse
Lucerne.

17 mars 1799.

Perrochel à Talleyrand.

Citoyen ministre,

J'ai reçu vos deux dépêches sous la date du 22 de ce mois, qui m'annoncent que les deux Conseils ont, ce même jour, converti en loi le message du Directoire exécutif proposant déclaration de guerre à l'Empereur et au Grand Duc de Toscane.

L'enthousiasme que la lecture du message du Directoire a produit aux deux Conseils sera sans doute partagé par tous les Français à qui l'honneur est cher. Nos armées, depuis longtemps, sont si familiarisées avec la victoire, l'Europe est tellement convaincue de leur invincibilité que ce qui la frapperait aujourd'hui d'avantage serait le triomphe de nos ennemis.

Déjà la terreur était répandue dans leurs rangs, mais le nouveau cri de guerre des Français va les glacer d'effroi. Masséna, ce vaillant général, a préparé leur défaite sur tous les points en les culbutant dans une position qu'ils regardaient comme inattaquable, et de laquelle dépendait (*sic*) tous les événements et les succès de sa campagne.

L'armée d'Helvétie a fait des prodiges qui surpasse (*sic*) en difficulté les hauts faits dont nous nous enorgueillissons à juste titre. Les Helvétiens, qui, mieux que tous autres, peuvent apprécier les obstacles qu'opposait la nature du pays des Grisons aux efforts et au courage des Français, sont tenté (*sic*) de regarder ceux-ci comme des héros fabuleux auxquels la postérité n'ajoutera pas de foi.

Agréez, citoyen ministre, l'assurance de mon estime et de mon dévouement sincère.

Salut et respect.

H^ri^ PERROCHEL.

Au citoyen Talleyrand, ministre des Relations Extérieures.

V

(p. 42 et 99)

Aff. Etr. Suisse
CCCCLXVIII 396 min.

An VII, 15 frimaire
Paris.

Talleyrand au citoyen Perrochel, ministre de la République française près la République helvétique.

Citoyen, j'avais reçu de vous deux dépêches numérotées 1 et 2. Depuis je reçois celle du premier frimaire qui porte aussi le n° 1 et à laquelle je réponds principalement.

L'intention du Directoire est toujours telle qu'elle vous a été communiquée, telle qu'elle a été transmise au gouvernement helvétique lui-même, de manifester, en toute occasion, les plus grands égards pour sa parfaite indépendance et, si les circonstances actuelles continuent à rendre nécessaire le passage par l'Helvétie des troupes françaises, il est entendu que ce passage ne doit point s'effectuer sans que le Directoire helvétique en soit prévenu et prié de donner lui-même les ordres relatifs à la réception et à l'entretien de ces troupes ; les généraux et commissaires qui s'écarteraient, à cet égard, des intentions du gouvernement et des ordres qu'ils ont reçus, ne manqueraient point d'être désapprouvés par lui. Sous ce rapport, je viens de communiquer aux ministres de l'intérieur et de la guerre les lettres que vous m'avez transmises de l'administration du Doubs et du commissaire Quirot, et je ne doute point que cette correspondance inconvenante ne soit sévèrement reprise.

Salut et fraternité.

VI

(p. 64)

Aff. Etr. Suisse
CCCCLXX, f° 389 or.

An VII, 11 fructidor,
au Fort St-André.

Les otages de Soleure, détenus au Fort St-André, près Salins, au Directoire exécutif de la République française.

Citoyens directeurs,

Le 14 germinal dernier, le Directoire helvétique, que nous avons toujours respecté, crut devoir nous comprendre dans la liste des otages désignés pour la ville de Soleure. Nous avons obéi, sans murmure, persuadés que notre gouvernement, bientôt désabusé, ne verroit en nous que des hommes occupés de la tranquillité publique. Nos vœux furent, en effet, remplis le 27 prairial, époque à laquelle il fut rendu arretté, légalisé, le 1 messidor, par le citoyen

Perrochel, portant que la liberté nous étoit rendue. Déjà nos familles, consternées de notre arrestation, se réjouissoient de notre prochain retour, lorsqu'un ordre du ministre de la Guerre près la République française nous retint dans le fort où nous gémissons encore. Le Directoire helvétique, touché de notre triste position, et regrettant, sans doute, d'y avoir plongé des citoyens qui ne l'avoient pas mérité, invita le citoyen Jenner, son envoyé extraordinaire près la grande République, d'interposer ses bons offices près du ministre de la Guerre, pour obtenir la confirmation de l'arretté rendue en notre faveur depuis le 27 prairial. Le ministre a gardé le silence et, malgré la promesse formelle du général Masséna à nos parents, du 11 thermidor, sur notre prompt élargissement, nous attendons encore cet acte de justice.

Citoyens directeurs, c'est au nom de l'humanité, au nom du droit sacré des nations, que nous réclamons notre liberté définitive. Notre gouvernement s'est prononcé en notre faveur ; le premier, il a séché les pleurs de nos femmes et de nos enfants ; le gouvernement français est trop juste pour ne pas en tarir la source. Où seroit, d'ailleurs, la raison de nous ranger dans une exception plus rigoureuse que les otages de Berne et de Fribourg qui sont libres depuis longtemps ? Enfin, citoyens directeurs, vous avés promis la justice à tous les François ; vous en maintiendrés les droits pour d'antiques alliés, qui n'ont cessé, depuis trois siècles, de donner des preuves de leur attachement à la nation française.

C'est le vœux (*sic*) dont nous vous prions d'agréer l'hommage.

Au fort St-André, près Salins, département du Jura le 11 fructidor, an VII.

Charles GRIMM ; Henri GRIMM ; Léonce BYSS ; L. Jérôme GRIMM ; Josèphe GUGGER ; Léonce GUGGER ; Louis-Ignace KARRER ; François WALLIER ; Ferdinand ARREGGER ; Victor REISSER, prasseur (*sic*) ; François VIGIER ; Joseph CARLY, boucher ; Antoine BYSS ; Frantz-Joseph KELLY ; Edmund GLUTZ ; Adam FRÖLICHER, boulanger ; François GUGGER ; François SURY ; Joseph GLUTZ.

VII

(p 97)

Aff. Etr. Suisse
CCCCLXX, f° 72 min.

An VII, 3 prairial,
Paris.

Talleyrand à Perrochel.

Citoyen, au milieu des événements terribles dont l'Helvétie est aujourd'hui le théâtre, en même tems que j'obtiens chaque jour, par votre correspondance, la preuve du soin que vous mettez à concourir, avec le gouvernement helvétique, aux mesures qui peuvent assurer la tranquillité et le salut de cette nation alliée, je me reprocherais de ne pas vous recommander particulièrement de veiller sur votre propre conservation, de ne point la compromettre par excès de zèle, lorsqu'il serait démontré que tous vos efforts seraient inutiles, et d'épargner au monde le spectacle d'un nouvel assassinat, dont on ne peut pas douter que les ennemis des deux Républiques ne fussent empressés de se rendre coupables.

Salut et fraternité.

VIII

(p. 113)

Aff. Étrangères.
Suisse CCCCLXX, p. 132, cop.

1799. 8 juin.
Berne.

Le Directoire exécutif au citoyen Perrochel, ministre de la République Française.

Citoyen ministre,

Le Directoire exécutif est informé que des émigrés du canton de Soleure sont retirés à Locle, dans le comté de Neuchâtel, d'où ils travaillent les départements du Doubs et du Jura, en annonçant l'arrivée prochaine d'une colonne ennemie par le Pont de Thièle. Il croit vous devoir cette communication, citoyen ministre, afin que vous puissiés aviser aux moyens de déjouer les projets de ces ennemis du repos public ; il croit aussi devoir vous informer que toutes les démarches auprès du gouvernement de Neuchâtel, afin d'obtenir l'expulsion de ces individus, n'ont eu pour suite que des réponses évasives.

Salut républicain et considération.

Le président du Directoire,
(Signé) Pierre OCHS.

Par le Directoire,
Le secrétaire général,
(Signé) MOUSSON.

Pour copie conforme,
Le ministre de la République française en Helvétie,
Hri PERROCHEL.

IX

(p. 156)

Aff. Étrangères.
Suisse CCCCLXVIII, p. 467. or.

An VII, 9 nivôse.
Lucerne.

Le ministre plénipotentiaire de la République Française en Helvétie au ministre des Relations Extérieures.

Citoyen ministre,

J'ai reçu votre lettre du 29 frimaire, relative à l'introduction qui se fait en France des marchandises anglaises venant de Suisse.

Vous pensés, citoyen ministre, que le seul moyen d'empêcher la fraude seroit d'interdire, sur toutes les frontières suisses et du ci-devant Valais, le passage de ces marchandises.

Vous m'engagés, en conséquence, à négocier cette disposition avec le gouvernement helvétique.

Toujours empressé de répondre à vos vues, j'en

ai conféré avec le Directoire helvétique, et j'ai lieu d'être assuré qu'il va faire, à cet égard, ce que le gouvernement français demande. Mais, citoyen ministre, je crains que ce moyen ne remplisse pas l'objet qu'il se propose, et voici sur quoi je me fonde :

La Suisse a toujours tiré d'assés bons bénéfices sur les marchandises anglaises qu'elle débite en Allemagne, en Italie et dans nos départements limitrophes. Ce commerce intermédiaire se trouve aujourd'hui infiniment gêné du côté de l'Allemagne, qui en étoit le débouché le plus considérable. Les négocians de ce pays, ou plutôt les négocians étrangers, dont les premiers ne sont quelquefois que les commissionnaires, forcés de restreindre leurs spéculations vers cette partie, les étendent davantage du côté de la France ; et, sans parler d'aucun autre motif que celui de l'intérêt commercial, il est facile de juger que ce dernier mobile est assés puissant pour exciter l'introduction en France des marchandises anglaises. Cette introduction devroit s'être ralentie depuis environ trois mois, parce qu'on a observé, dans les lieux par où ces marchandises arrivent en Suisse, qu'il y en étoit moins entré depuis cette époque, mais il est vraisemblable que les magazins, fournis de longue main de marchandises anglaises, entretiennent l'introduction qui s'en fait continuellement en France.

Vous savés, citoyen ministre, que c'est principalement vers Genève qu'elles se sont dirigées et se dirigent encore. — Les Genevois, calculateurs infatigables, présageant leur réunion à la France, se hâtèrent de faire des achats considérables de marchandises anglaises dont ils espérèrent tirer de gros bénéfices, au moment de la réunion. Les difficultés qu'ils ont éprouvées depuis ont pu diminuer leur commerce en ce genre, mais ne l'ont pas détruit. Les renseignemens que j'ai recueillis à cet égard me persuadent que les marchandises se transportent par le lac de Genève et aboutissent à des points difficiles à garder ; un autre, non moins pratique, c'est Neufchâtel. Sa position topographique et celle de ses environs du côté de la France, rendent la contrebande très aisée et très familière. On sait que plusieurs maisons de commerce de cette ville, de concert avec quelques-unes de Bâle, ont spéculé sur les marchandises anglaises.

Tout semble donc concourir à les faire introduire en France.

On pourroit dire que la Suisse, en facilitant le débit des marchandises anglaises, fait tort à ses propres manufactures, et qu'ainsi son intérêt est de s'opposer à leur introduction en France; mais ce raisonnement n'est que spécieux.

Il est de fait que les pertes que la Suisse a éprouvées ont porté le coup le plus sensible aux facultés et à l'industrie de ses habitans; d'un côté, l'Autriche, l'Angleterre et la France ont absorbé une forte partie de ses capitaux; de l'autre, la révolution qui s'y est opérée, les événemens qu'elle a produits ont enlevé beaucoup de bras aux manufactures; et, par ces deux causes réunies, l'Helvétie a été amenée à un état de langueur et de souffrance dont elle ne peut se relever qu'à l'aide des moyens qui sont entre les mains de la France. Enfin l'Helvétie se plaint de ce que les objets de ses fabriques éprouvent, à leur entrée en France, des contrariétés telles que son commerce ne peut plus se soutenir.

Ainsi, dans l'état actuel des choses, l'Helvétie n'a pas un intérêt très pressant de réprimer le passage des marchandises anglaises, dont la réexportation, au contraire, procure des profits à son commerce. Par cela même, on pourroit douter que l'interdiction, demandée par le gouvernement français, fût bien sévérement observée.

J'ai dit tout à l'heure, citoyen ministre, que le gouvernement français avait en son pouvoir les moyens de faire sortir l'Helvétie de l'état de langueur où elle est maintenant. J'ajoute que c'est de leur emploi que dépend le succès de la disposition demandée.

Le gouvernement français, excité par toute sorte de considération à empêcher l'introduction des marchandises anglaises sur son territoire, ne trouve pas néanmoins, dans les moyens dont il peut faire usage, un remède suffisant pour parvenir à ce but ; dès lors, il cherche à se fortifier de ceux d'un peuple voisin et à pratiquer ainsi une double barrière contre laquelle viendroient se briser les tentatives et les efforts du commerce anglais. Ce rempart seroit, sans doute, nuisible à l'Angleterre, et, conséquemment, avantageux à la République Française ; mais comment l'édifier pour qu'il soit solide ? Comment réunir la France et l'Helvétie dans un seul et même intérêt ?

C'est, si je ne me trompe, en ranimant l'industrie et les manufactures de ce peuple voisin et allié de la France. C'est en n'établissant que des droits peu onéreux sur les objets provenant de son cru et de ses fabriques, c'est, en un mot, en faisant avec lui un traité de commerce qui, sans cesser d'être utile à la France, accorde une telle faveur aux objets des manufactures suisses, que cette nation soit elle-même intéressée, non seulement à écarter des frontières de

France les marchandises anglaises, mais encore à leur fermer l'entrée de son propre territoire.

Certes, si la Suisse adoptoit cette dernière mesure, le commerce anglais en souffriroit beaucoup, non pas tant à cause de la consommation qui se fait en Suisse des marchandises anglaises, que parce qu'elle est un point central d'où partent et se dirigent plus facilement ces marchandises vers une partie de l'Allemagne, de la France et de l'Italie.

Sous ce point de vue, la France auroit intérêt à faire avec l'Helvétie un traité de commerce dont les résultats seroient de nuire aux débouchés des marchandises anglaises.

Mais ce n'est pas la seule utilité qu'elle en retireroit; bientôt elle s'attacheroit l'Helvétie par les liens les plus solides. Il existe bien un traité d'alliance entre la République française et la République helvétique, mais ce pacte n'a pas été formé avec un égal désir de la part des parties contractantes; on pourroit même s'appercevoir que l'Helvétie, en contractant ses engagemens, a plutôt cédé à l'empire des circonstances qu'à ses propres sentimens. Loin de regarder ce traité avantageux pour elle, il semble, au contraire, qu'elle en redoute les effets ; elle s'envisage comme plus exposée à recevoir les impressions de la France et à être entrainée dans des guerres nuisibles à son repos autant qu'à ses intérêts. Ainsi l'on peut croire que, depuis le traité d'alliance, non seulement la France n'a rien gagné sur l'affection des Helvétiens, mais qu'elle a perdu de ce côté.

Cependant, il lui importe, par des considérations militaires et politiques, de s'attacher leur cœur. On obtiendra cet effet au moyen d'un traité de commerce, propre à encourager l'industrie et les manuactures de l'Helvétie ; ses rapports se multipliront avec la France qu'elle regardera, dès lors, comme un allié utile et nécessaire. Il s'en suivra aussi qu'elle se détachera de la maison d'Autriche, qui ne manqueroit pas d'offrir à l'Helvétie des avantages commerciaux pour la dédommager de ceux que nous lui aurions refusés.

La Suisse a déjà trop de liaisons avec l'Autriche et l'Allemagne ; ce seroit un motif capable d'engager le gouvernement français à resserrer les siennes avec l'Helvétie.

Enfin, citoyen ministre, je crois que toutes les raisons militent en faveur d'un traité de commerce avec elle : du moment qu'il aura lieu, j'oserai vous assurer que le gouvernement helvétique interdira l'entrée des marchandises anglaises sur son territoire. Cette interdiction absolue seroit bien plus conforme aux vues du gouvernement français, et obvieroit bien plus efficacement à la contrebande dont il se plaint et qu'il ne peut empêcher.

Agréés, citoyen ministre, l'assurance de mon parfait dévouement.

H^ri^ PERROCHEL.

X

(p. 156)

Aff. Étrangères.
Suisse CCCCLXIX.

An VII, 17 nivôse.
Lucerne.

Le ministre plénipotentiaire de la République française en Helvétie au citoyen Talleyrand, ministre des Relations Extérieures.

Citoyen ministre,

Dans la séance du 8 de ce mois, le citoyen Boule Paty a soumis au Conseil des Cinq Cents le projet de résolution qui tend à prohiber l'entrée des indien.

nes et toiles peintes provenant de fabriques étrangères.

Sur les observations d'un membre du Conseil, qu'il conviendroit peut-être mieux à l'intérêt des consommateurs et au maintien de nos liaisons politiques avec l'Helvétie, de se borner à élever le prix des droits mis à l'importation, le Conseil a arrêté qu'il sera fait un message au Directoire pour avoir des renseignemens nécessaires sur cet objet.

Je crois devoir, citoyen ministre, vous instruire du mauvais effet qu'a produit ici ce projet de résolution qui ne tent à rien moins qu'à ruiner l'Helvétie. L'intention de la France n'est certainement pas telle, et de plus son propre intérêt s'y oppose.

Ces deux motifs devroient suffir (*sic*) pour faire penser qu'un pareil projet ne sera pas mis à exécution. Cependant, il arrive quelquefois que les hommes les mieux pensans sont égarés par une erreur séduisante, lors même qu'ils croyent n'être conduits que par des principes de sagesse et d'utilité.

Dans cette circonstance, citoyen ministre, qu'il me soit permis de vous faire part de quelques réflexions, bien que je les regarde comme inutiles, puisque, sans doute, vos lumières et celles du Directoire ont déjà fait apprécier le projet de résolution dont il s'agit.

Je ne répéterai pas, citoyen ministre, ce que j'ai eu l'honneur de vous écrire, dans ma lettre du 8 de ce mois, au sujet des motifs qui nécessitoient la prochaine conclusion d'un traité de commerce avec l'Helvétie. Mes idées, comme vous avés pu le remarquer, sont bien opposées à celles qui tendroient à paralyser l'industrie et les manufactures de la Suisse. Je vais donc uniquement chercher à démontrer que si l'entrée des indiennes et toiles peintes, provenant des fabriques étrangères, est applicable à l'Helvétie, ce pays sera bientôt réduit à la misère et au désespoir.

La Suisse, pour sa consommation en bled, vins, thé, caffé, sucre, huile, savon et tabac, dépense annuellement 45 ou 50 millions, argent de France. Si l'on ajoute à cette somme celle que la Suisse emploit (*sic*) en achats de soye, laine, coton, fer, etc[a], etc[a], on aura un total de près de 80 millions que l'Helvétie est obligée de débourser pour se procurer à l'étrangé (*sic*) les denrées ou matières dont elle a besoin et il est à considérer que c'est la France qui lui fournit la plus grande partie de ces objets.

On est d'abord étonné qu'un pays comme la Suisse, dont le sol nourrit à peine les deux tiers de la population, peut trouver les moyens, non seulement de faire face à la dépense de sa consommation, mais encore de s'attirer des bénéfices qui répandent chés ses habitans une aisance générale, un bien-être que l'on ne remarque pas dans les autres États plus favorisés par la nature et par la richesse de leurs productions.

Mais tel est l'effet de l'industrie de ce peuple laborieux qui, n'étant pas destiné à être un peuple agricole, est devenu un peuple manufacturier. C'est par le débit des ouvrages façonnés dans ses fabriques qu'il solde ses achats à l'étranger.

Si donc vous empêchés ce débit, vous faites tomber tout à coup ses manufactures ; vous lui enlevés les moyens d'acheter ce dont il a besoin ; vous le réduisés aux seules ressources de son territoire, conséquemment à l'inaction.

Or, le projet de résolution qui tend à prohiber l'entrée des indiennes et toiles peintes porteroit ce coup funeste à l'Helvétie, puisque la branche principale de son commerce consiste précisément dans l'espèce de marchandises que l'on se propose de prohiber.

D'ailleurs, si le système des prohibitions s'applique aujourd'hui sur un objet, qui empêchera que demain on ne l'étende sur d'autres ?

Les entrepreneurs des manufactures d'indiennes et toiles peintes en France obtiendront, je le suppose, la prohibition des mêmes étoffes venant de l'étranger, mais les entrepreneurs des manufactures de Lyon demanderont également la prohibition des étoffes de soye et, insensiblement, la France finiroit par n'avoir presqu'aucune relation commerciale avec les puissances ennemies ou alliées.

Cependant, il y a une très grande différence entr'elles, et on ne voit pas comment et par quel motif, on assimileroit en ce moment l'Helvétie à l'Angleterre ; ou, plutôt, pourquoi on feroit plus de mal à notre allié qu'à notre ennemi. Car il est hors de doute que l'Helvétie, qui trouve en France un débouché avantageux pour ses indiennes, recevroit plus de dommage par leur prohibition que l'Angleterre n'en éprouve relativement par celle qui a frappé ses marchandises.

La Suisse a des rapports commerciaux indispensables avec la France ; elle est obligée de s'approvisionner de trop d'objets de son cru, pour ne lui rien rendre en retour, et si le débit de ses indiennes, de ses toiles peintes et de ses soyeries lui étoit interdit en France, il lui seroit impossible de solder les matières et les denrées qu'elle y achète.

Dès lors, la Suisse cesseroit ses achats ; mais quelle perte ne seroit-ce pas pour les départemens limitrophes et particulièrement pour la ci-devant

Alsace qui vent annuellement à la Suisse des grains, des vins, des tabacs, des bestiaux et des fers pour des sommes considérables ? Ce qui prouve qu'en ruinant le commerce de l'Helvétie, on ruineroit en même tems celui de plusieurs départemens de la France.

Voilà d'abord un assés facheux résultat du projet présenté.

Mais la prohibition seroit-elle plus avantageuse aux manufactures françaises ? C'est ce dont on pourroit douter, et j'ajoute que, quand cela seroit, il ne s'en suivroit pas qu'elle fût utile, attendu que l'intérêt de quelques entrepreneurs de manufactures n'est pas toujours d'accord avec l'intérêt général d'un État, qui doit être préféré.

Cette vérité est, ce me semble, démontrée par l'exemple que je viens de citer par rapport à la Suisse qui, ne pouvant plus vendre les objets de son industrie, est réduite à l'impossibilité d'acheter les denrées et matières de plusieurs de nos départemens, fait tort à ceux-ci de tout le bénéfice qu'ils auroient gagné en vendant ces matières et ces denrées.

On dira peut être que ces départemens les exporteront dans d'autres pays. Mais, d'abord, plusieurs d'entr'eux, tels que les départemens du Bas Rhin, du Doubs, de la Haute Saône, du Jura et du Léman trouvent, dans la proximité de la Suisse, des facilités, des avantages pour leur commerce qu'ils ne sauroient rencontrer ailleurs. Ensuite, le débit des productions de ces départemens se fait en Suisse, parce que la Suisse en a besoin et qu'elle les trouve à meilleur compte. Tandis que la partie de l'Allemagne la moins éloignée peut se passer, et se passe, de ces objets.

Il est donc vrai de dire que, pour satisfaire aux vœux de quelques entrepreneurs de manufactures en France, on sacrifieroit les avantages commerciaux que retirent un assés grand nombre de nos départemens, et qu'ainsi l'intérêt particulier l'emporteroit sur l'intérêt plus général.

Ce n'est pas ici le lieu d'examiner si le principe des prohibitions est utile au pays (*sic*) qui l'adoptent ; cette question s'écarteroit trop du but que je me propose ; d'ailleurs, il ne m'appartiendroit pas de la résoudre. Je dirai seulement que plusieurs hommes célèbres, parmi lesquels on peut distinguer l'auteur de Télémaque, ont prétendu qu'un État prospert (*sic*) davantage en ouvrant ses ports et ses villes à toutes les nations qu'en entravant le commerce par des loix prohibitives ou fiscales. On pourroit, à l'appui de cette opinion, citer l'exemple de la Suisse qui a prospéré jusqu'à ces derniers tems, puisqu'elle admit toutes les marchandises étrangères, sans les grêver d'aucune taxe.

Mais il est un autre point de vue, citoyen ministre, sous lequel je vous ferai envisager le projet de résolution proposé ; c'est la difficulté de son exécution par rapport à la Suisse.

Je viens de vous exposer que, si les indiennes et toiles peintes qu'elle fabrique sont prohibées en France, il en résultera l'anéantissement de ses manufactures. Cependant, la Suisse a le plus grand intérêt à les conserver et, dès lors, sollicitée par ce besoin impérieux, elle cherchera naturellement les moyens de continuer son commerce ; ces efforts seront en raison des obstacles qu'on lui oppose ; elle franchira les barrières élevées du côté de la France, car tel est l'effet des loix prohibitives, qu'elles excitent davantage le désir de les enfreindre, à cause du plus grand bénéfice que l'on en retire. Ainsi la contrebande deviendra très active chés un peuple industrieux, dont on veut entraver le commerce avec ses voisins. En vain redoublera-t-on de vigilance et de précaution pour l'empêcher ; l'homme s'ingénie davantage, son esprit trouve plus d'expédient pour se soustraire à l'effet des loix qui nuisent à son bien être, que le législateur ne peut en inventer pour les faire exécuter.

Quel bénéfice la France retirera-t-elle donc de la prohibition des indiennes et toiles peintes provenant des manufactures de l'Helvétie ? Aucun, et même l'on peut dire que la perte sera de son côté ; d'une part, elle sera obligé (*sic*) d'augmenter le nombre des employés aux frontières et, par conséquent, sa dépense ; de l'autre, elle sera privée de la perception de la taxe que ces marchandises auroient payées à leur entrée en France, pourvu, cependant, que cette taxe fût modérée, car il en est qui équivalent à des prohibitions. D'après ces motifs, auxquels on pourroit joindre ceux qui tiennent aux intérêts politiques de la République française et de l'Helvétie, je crois, citoyen ministre, que si le projet de résolution est adopté, on doit excepter la Suisse des dispositions qu'il renferme.

J'insisterai toujours pour que nous resserrions nos liens politiques avec l'Helvétie. Le moyen le plus puissant que nous ayons est de favoriser son commerce ; elle n'existe que par lui, n'attache d'intérêt qu'à ses manufactures et à son industrie. Entrons donc dans ses vues qui, bien loin de tourner à notre détriment, fortifient les moyens d'une alliée qu'en définitif nous devons considérer comme les nôtres.

Salut et respect,

Hri PERROCHEL.

XI

(p. 169)

Aff. Etr. Suisse,
CCCCLXX f° 311. or.

1799 (an VII), 8 thermidor,
Berne.

Perrochel à Talleyrand.

Citoyen ministre,

Il y a prés d'un mois que vous avés bien voulu m'annoncer que le Directoire exécutif avoit jugé convenable de confier au citoyen Reinhardt la mission que je remplis en Helvétie. Je devrois peut-être attendre en silence l'arrivée de mon successeur ; mais je crois devoir vous faire quelques observation sur l'utilité qu'il y auroit à me faire remplacer le plus promptement possible.

Mon rappel étant connu de tout le monde a suffisamment donné à penser que je n'avois pas la confiance du Directoire exécutif. Dès lors, citoyen ministre, vous concevés que ma position ici devient chaque jour de plus en plus embarassante et que mon influence auprès du gouvernement helvétique est nécessairement diminuée.

Cependant, les circonstances actuelles exigeroient que le ministre de la République française en Helvétie fût revêtu de la confiance de son propre gouvernement afin de s'attirer celle du Corps législatif et du Directoire helvétique. L'un et l'autre éprouvent le besoin de voir arriver incessamment mon successeur parce qu'ils espèrent que ce changement doit en amener un dans le système suivi jusqu'à ce jour à l'égard de l'Helvétie.

Sous ce dernier rapport, l'impatience devient très marquée ; les discours qui se prononcent au Corps législatif prennent un caractère sérieux ; le Directoire helvétique tient le même langage, et tout annonce une prochaine explosion, si le gouvernement français ne prend des mesures promptes pour remédier efficacement aux maux sous lesquels l'Helvétie gémit depuis longtems et quelle paroit lasse de supporter. Désormais, citoyen ministre, les promesses seront superflues ; il s'agit maintenant de réaliser les promesses du gouvernement français et d'établir un ordre de choses tel, que l'armée française ne vive pas aux dépends de l'Helvétie et que les désordres de tout genre soyent réprimés.

Dans les moments actuels, rien ne seroit plus favorable que l'arrivée de mon successeur, à laquelle on attache d'autant plus d'importance qu'on le suppose chargé d'instructions conformes à la situation des choses et aux intérêts de l'Helvétie.

Salut et respect.
Hri PERROCHEL.

XII

(p. 170)

Aff. Etr. Suisse, CCCCLXX f° 256 or.

1799 (an VII) 29 messidor, Quartier Gal de Lentzbourg.

Masséna, général en chef, au Directoire exécutif de la République française.

Citoyens Directeurs,

Le Directoire helvétique vient d'envoyer près de moi son ministre des Relations Extérieures (le citoyen Bégos), pour me proposer de consentir à ce qu'il retire de l'armée des troupes d'élites (*sic*) qui s'y trouvent encore ; ce ministre a appuyé cette demande du Directoire sur ce seul motif qu'il manque de fonds pour payer leur solde.

Tout en faisant sentir à cet envoyé que je n'ai pas obtenu des Suisses ce que j'avois lieu d'en attendre ; tout en lui laissant entrevoir que je comptois peu, ou même pas du tout, sur les troupes d'élites, je me suis récrié vivement sur une proposition dont le résultat seroit de démontrer à l'Helvétie qu'on veut définitivement séparer sa cause de celle de la France ; je me suis appesanti sur l'inconséquence de cette mesure, rapprochée surtout de la conduite du prince Charles qui contraint les habitans de la portion d'Helvétie qu'il occupe à s'armer et à se réunir à ses troupes ; enfin, pour faire la censure d'une pareille proposition et faire ressortir le contraste frappant qui existe dans la conduite des deux gouvernements, j'ai parlé des efforts de la République française pour mettre ses armées sur un pied imposant, défendre ses alliés et repousser au loin l'ennemi commun. Le ministre, toujours retranché dans le défaut de moyens de son gouvernement, s'est retiré en m'annonçant qu'il alloit lui rendre compte de cette conférence qui s'est terminée là.

Et moi aussi, citoyens directeurs, je m'empresse de vous en rendre compte, parce que je reconnois dans cette démarche la main de l'Autriche, qui la dirige. Quel spectacle, en effet, présenteroit l'Helvétie que celui de la défection de ses habitans à notre cause, lorsqu'une partie s'enrole sous les drapeaux de nos ennemis ?

Dès longtemps, j'ai prévenu le Directoire qu'un parti vendu à l'Autriche me paroissoit exister jusques dans le sein du gouvernement helvétique ; je ne crains pas de le dire, mes doutes se changent en réalités et, soit que des insinuations perfides, la crainte, ou d'autres considérations influent sur l'Helvétie, toujours est-il vrai de dire qu'on cherche à la détacher de plus en plus de nous.

Salut et respect.

MASSÉNA.

XIII

(p. 206)

Aff. Etr. Suisse,
CCCCLXXI f° 30 or.

An VII, Ier jour complémentaire
Berne.

Perrochel à Reinhard.

Citoyen ministre,

J'ai l'honneur de vous transmettre, ci-joint, copie de la lettre que j'ai reçue hier du ministre des Relations Extérieures de la République helvétique, et de ma réponse ; vous trouverés aussi celle de la circulaire des officiers de la 6e demi-brigade auxiliaire et de la prétendue réponse du général Masséna à ces officiers.

Toutes ces pièces, citoyen ministre, vous donneront bien la connaissance des faits, mais ne vous instruiront pas des ressorts secrets qui font jouer toute cette intrigue. Malheureusement ils sont placés au sein d'une des premières autorités de l'Helvétie ou, pour parler plus clairement, dans le Directoire même. La majorité, composée des citoyens Laharpe, Secretan et Oberlin, abonde dans le sens opposé aux deux autres et à la grande majorité des membres des Conseils, ennemis de l'exagération et des mesures violentes qu'un parti voudroit introduire. A la tête de ce parti, on peut signaler le citoyen Laharpe, qu'un caractère inquiet et turbulent porte naturellement à exciter les esprits, à susciter les haines, les méfiances et à rompre l'harmonie qui doit exister entre les différens pouvoirs et parmi les citoyens.

C'est surtout depuis les derniers changemens opérés en France que le citoyen Laharpe a donné plus de liberté à ses opinions et qu'il a espéré plus de soutien dans l'exécution de ses projets. Il n'a pas négligé d'entretenir diverses correspondances à Paris afin de se rendre recommandable par son zèle et par son dévouement. Il s'est aussi ménagé dans la confiance particulière du général Masséna et, de tout côté, il a cherché à se faire considérer comme l'homme important et nécessaire et l'ami le plus chaud des intérêts des deux Républiques.

Je crois qu'il seroit à souhaiter que j'eus une connoissance positive de la teneur de ses lettres à Paris, parce que je suis persuadé qu'elles contiennent des erreurs essentielles et très propres à donner des opinions fausses sur la situation et les affaires de ce pays-ci.

De vous dire, citoyen ministre, quel est le but du citoyen Laharpe, c'est peut-être assés difficile, parce que lui-même n'a pas des idées très nettes sur ce qu'il désire et sur ce qu'il veut. Par exemple, il s'est opposé, dans le tems, avec beaucoup de chaleur, contre le traité d'alliance avec la France et vouloit la neutralité absolue ; depuis, et en dernier lieu, il a traversé autant que possible le citoyen Glayre dont un objet de la mission étoit de tâcher d'obtenir cette neutralité, si les circonstances pouvoient la faciliter.

Ce fut dans ce dessein qu'il excita le Directoire helvétique à écrire à celui de France une lettre qu'on eut soin de ne pas me communiquer, et qui, à ce que j'ai su indirectement, étoit très propre à faire envisager les objets de la mission du citoyen Glaire comme dérisoires et déplacés.

Longtems, le citoyen Laharpe s'est obstiné à placer dans les emplois publics des hommes dont les sentiments n'étoient pas favorables au nouvel ordre des choses. Il eut, à ce sujet, des altercations fréquentes avec le citoyen Ochs, pour lors membre du Directoire, qu'il a trouvé moyen, par la suite, d'éliminer de sa place. Aujourd'hui le citoyen Laharpe voudroit épurer le Directoire et les Conseils, s'il étoit possible. Et, si ses désirs pouvoient s'accomplir, je crois qu'il n'y resteroit que très peu de députés des cantons allemands. Et, comme sa prédilection pour le canton Léman est très connue, il en résulte que les députés des autres cantons affectionnent peu le citoyen Laharpe. Il se plaint que les Conseils rejettent toutes les mesures vigoureuses que le Directoire helvétique leur propose. Effectivement ils n'ont pas goûté un message tendant à établir une loi sur les suspects et à s'emparer d'une partie de leurs biens. Il en est de même d'une loi proposée sur les otages.

Le citoyen Laharpe se plaint de ce que les Conseils refusent les moyens de faire des fonds au Trésor public, et le Directoire n'a pas encore fait le recouvrement des impositions décrétées par le Corps législatif. Le Directoire n'a pas non plus, malgré plusieurs décrets, poursuivi, ni mis en jugement les commissaires qui, faute de soins, ou par tout autre motif, ont laissé tomber au pouvoir de l'ennemi les magazins de subsistance et l'argent qui étoient à St-Gall et à Zurich. Enfin le citoyen Laharpe, livré peut-être davantage à ses haines et à ses passions particulières qu'au sentiment de la justice et au véritable amour de son pays, s'exhale en plaintes mal fondées. Et, au lieu d'appliquer son intelligence à la recherche des moyens de consolider sagement le nouvel édifice construit, il s'agite, comme s'il avoit entrepris de répandre autour de lui le trouble, la confusion et de tout bouleverser. Non content des occupations relatives à sa place, le citoyen Laharpe fournit à quelques journaux français et au *Bulletin officiel*, qui s'imprime à Lausanne, une foule d'articles, dont le moindre effet est de donner lieu aux administrés de penser que le Directoire est travesti en journaliste, et que les soins du gouvernement ne tiennent qu'un rang secondaire dans ses goûts et dans ses travaux.

Pour la première fois, citoyen ministre, il m'arrive de parler des personnes dans ma correspondance ; j'éprouve une sorte de dégoût en m'en occupant, et je voudrois les laisser toujours à l'écart. Mais lorsque des personnes influentes donnent, ou tendent à donner, aux choses une direction préjudiciable aux intérêts de mon pays, je suis obligé, contre mon gré, de relever leurs principes et leur conduite et de l'exposer aux yeux du gouvernement français, afin de le prémunir contre les erreurs dans lesquelles il pourroit être induit, et aussi pour lui découvrir la cause des projets ou des événemens qui lui seroient préjudiciables.

A l'égard de la réponse approbative donnée par le général Masséna à la demande des chefs et des officiers de la 6e demi-brigade auxiliaire helvétique, je vais écrire à ce général et lui demander la punition de ces officiers qui, au mépris des loix militaires, ont délibéré et ont poussé l'impudeur jusqu'au point de s'autoriser de son aveu pour accomplir le but de leur union illicite et coupable.

Salut et respect.

Hri PERROCHEL.

XIV

(p. 236)

Aff. Etr. Suisse, CCCCLXXI, f° 131 or.

An VIII, 8 brumaire, Paris.

Rapport au Directoire exécutif.

Le Directoire exécutif a pris hier un arrêté par lequel il rappelle le citoyen Perrochel, ministre de la République en Helvétie, lui enjoint de quitter le territoire helvétique dans les vingt-quatre heures, et me charge de l'exécution.

J'ai, en conséquence, fait préparer les expéditions; mais, avant de les faire partir, j'ai cru devoir présenter une observation.

Le citoyen Perrochel est le seul agent que nous ayions en Helvétie; il n'a point même de secrétaire de légation; celui qu'on y avait nommé, le citoyen

Delâtre, mourut en se rendant à son poste et il n'a point été remplacé. Le départ du citoyen Perrochel laissera donc la Légation absolument vide et, de là, il peut, ce me semble, résulter bien des inconvénients.

D'abord, le rappel de cet agent, sans personne qui le remplace et qui puisse représenter la Légation, pourra être mal interprêté. On pourra le faire regarder, surtout dans la circonstance, comme un signe de mécontentement envers le gouvernement helvétique, comme une espèce de rupture avec lui; et plus cette idée est éloignée de l'intention du Directoire exécutif, plus il me paraît convenable de la prévenir.

En second lieu, il y a constamment une multitude d'affaires de détails qui exigent une correspondance continuelle avec le gouvernement de l'Helvétie; et, comment cette correspondance, dont le Directoire exécutif ne veut point l'interruption, pourra-t-elle être entretenue, s'il ne nous reste dans le pays aucune sorte d'agent? Il y a aussi journellement sur les lieux des légalisations à faire, des passeports à délivrer, d'actes (*sic*) de différente espèce à signer, et tout cela exige encore d'y avoir quelqu'un qui puisse remplir ces fonctions.

Enfin, à qui le citoyen Perrochel pourra-t-il remettre les papiers, les archives de la Légation ? Les faire passer en France, ce serait un embarras, une dépense et, de plus, ce transport de papiers confirmerait l'idée d'une rupture. Les laisser en Helvétie, mais à qui les confier ? Ce ne peut être assurément qu'à un Français, et quel est, sur les lieux, le Français que l'on peut choisir ? Le citoyen Perrochel n'a pas même de secrétaire particulier qui soit connu dans mon département. Il en avait un que l'on connaissait dans mes bureaux, le citoyen Baudry ; mais il l'a renvoyé en France depuis quelques mois.

Dans ces circonstances, et pour prévenir tous les inconvénients, je propose au Directoire exécutif de faire partir sur le champ quelqu'un à qui il donnera provisoirement le titre de secrétaire de légation, qui recevra les papiers des mains du citoyen Perrochel, et demeurera en Helvétie jusqu'à nouvel ordre.

J'indique pour cette commission le citoyen Pichon, actuellement sous chef de la 2e division politique, jeune homme qui a déjà rempli les fonctions de secrétaire de légation, et qui a des talents, du zèle, de l'activité et une conduite morale irréprochable.

Je présente en conséquence le projet d'arrêté ci-joint.

XV

(p. 237)

Aff. Etr. Suisse,
CCCCLXXI, f° 152.

An VIII, 18 brumaire.
Berne.

État des liasses contenant les diverses correspondances laissées par le citoyen Perrochel entre les mains du citoyen Pichon, secrétaire de la Légation Française en Helvétie.

A joindre à la dépêche du citoyen Pichon, n° 2, du 19 brumaire, an VIII.

A 1° Un volume contenant la correspondance du ministre Perrochel avec le ministre des Relations Extérieures.

A 2° Correspondance du citoyen Perrochel avec le général en chef Schauenbourg.

A 3° Correspondance avec le citoyen Florent Guyot, résident en Grisons.

A 4° Correspondance avec la commission chargée de l'échange des prisonniers de guerre.

A 5° Correspondance avec l'État de Neuchâtel.

A 6° Correspondance avec les administrations françaises.

A 7° Correspondance avec le ministre de la Police générale.

A 8° Correspondance avec le ministre de la Guerre.

A 9° Lettres particulières.

A 10° Correspondance avec le Directoire helvétique.

A 11° Lettres du citoyen Bégos, ministre des Relations Extérieures.

A 12° Correspondance avec le citoyen Bacher, chargé d'Affaires de la République près la Diète de Ratisbonne.

A 13° Deux cahiers ou registres des passeports.

Nota. — Les grandes archives ont été envoyées à Belfort, lors des progrès des Autrichiens en Helvétie. Elles sont dans les magasins du citoyen Blétry (Jean Baptiste), expéditeur.

Il existe encore d'anciennes archives à Baden, pour lesquelles on a écrit au général Masséna. La correspondance du citoyen Bacher, restée entre les mains du citoyen Pichon, donne des renseignemens à ce sujet.

Fait double entre nous, pour une copie restée (*sic*) au citoyen Perrochel et l'autre demeure (*sic*) avec les papiers de la Légation, pour être au besoin représentée; à Berne le 18 brumaire an VIII de la République.

Le ministre plénip^re^. Le secrét^e^ de Lég^on^.

(Signé) PERROCHEL. (Signé) L. A. PICHON.

ADDITION.

B. n° 13. Correspondance avec le Directoire exécutif helvétique et le citoyen Bégos.

B. 14. Lettres du ministre des Relations Extérieures de France, du 24 brumaire an VII jusqu'au 9 brumaire an VIII.

B. 15. Correspondance du ministre de l'Intérieur. Une pièce.

B. 16. Correspondance avec le citoyen Rapinat.

B. 17. Correspondance avec le général Masséna.

Fait double, comme ci-dessus.

(Signé) H^ri^ PERROCHEL. L. A. PICHON.

Pour copie conforme à l'original, resté à la Légation.

Le secrétaire de Légation.

L. A. PICHON.

Nota. — Le citoyen Perrochel a déclaré emporter les minutes de ses lettres au ministre des Relations Extérieures helvétiques.

XVI

(p. 238)

Aff. Etrangères
Suisse CCCCLXXI, f° 135 min.

An VIII, 9 brumaire
Paris.

Reinhard à Perrochel.

Je dois, citoyen, vous transmettre l'arrêté ci-joint que le Directoire exécutif a pris de son propre mouvement, le 7 de ce mois, et qui, en prononçant votre rappel, ordonne que vous quitterez le territoire helvétique dans les vingt-quatre heures après sa réception. Je vous invite à vous y conformer et à m'en accuser, cependant, cette même réception au moment qu'il vous aura été remis.

Comme, par votre départ, la Légation serait restée vuide, et que l'intention du Directoire exécutif est qu'il n'y ait point d'interruption dans sa correspondance avec le gouvernement helvétique, il a, presque en même tems, résolu d'envoyer sur le champ en Helvétie un secrétaire de légation provisoire, et c'est le citoyen Pichon qu'il a choisi.

Ce citoyen, qui sera chargé de vous remettre cette lettre et de vous en demander un reçu, l'est aussi de recevoir de vous tous les papiers de la Légation. Vous voudrez donc bien lui en faire la rémission avant votre départ.

J'ai reçu hier votre dépêche du 2 brumaire, n° 109. Dans les circonstances, il est inutile que j'y réponde.

Salut et fraternité.

Au citoyen Perrochel.

XVII

(p. 242)

Aff. Étrangères Suisse
CCCCLXXI f° 247, or.

An VIII, 12 frimaire
Berne.

Pichon au Ministre de la Guerre.

Citoyen ministre,

Mes dernières dépêches vous auront appris la suite qui avoit été donnée ici aux discussions du général Masséna avec ce gouvernement. On a désiré, en dernier lieu, que j'allasse à Zurich pour l'inviter à prendre une occasion honnête d'écrire ici et de se rapprocher, parce que, insistait-on, l'on ne pouvoit se présenter devant le Corps législatif les mains vuides, ni faire un message sans pouvoir montrer des pièces. Il avoit cette occasion dans la distribution qu'il a faite aux Petits Cantons et dans le renvoi qu'il vient de faire du citoyen

Mérian chés lui. D'un autre côté, le général désiroit voir cette discussion à son terme, et le gouvernement hélvétique (*sic*) faire pour lui ce qu'il a pu mériter d'honnorable de sa part. J'allois au quartier général, lorsque nous avons appris le départ de Masséna pour l'Italie : nouvelle cause de tristesse ici ; Masséna auroit-il bien pu quitter l'Helvétie sans écrire au gouvernement ? On se livroit à ces conjectures, lorsqu'on a reçu du général une lettre très amicale. J'en ai aussi reçu une dont je vous envoye copie. Je ne sais plus à présent ce que le général en chef entend par *conduire l'affaire à sa fin*. Je la regarde comme très finie. Cependant j'ai sondé, pour savoir si l'on ne reviendroit pas aux idées qu'on avoit eues pour témoigner sa reconnoissance et à l'armée et à son chef. J'étois sûr de ne jamais me tromper en portant à des choses honorables pour la République. J'ai appris qu'il en avait été question au Directoire et qu'on avoit écrit hier au général des lettres très flatteuses.

C'est un mélange bizarre, que les sentimens que je vois régner ici. La multitude et la rapidité des événements, le croisement des plans et des espérances, aussitôt détruites que formées, donnent aux esprits une mobilité qui fait qu'ils ne se connoissent pas eux-mêmes. Doit-on regarder tout ce qui a eu lieu comme un triomphe ou comme une défaite? Que faut-il attendre du citoyen Reinhard? Il a écrit une lettre bien dure au citoyen Perrochel sur la conduite qu'il a tenue dans l'affaire des emprunts, et l'on comptoit voir celui-ci revenir. Le citoyen Talleyrand a laissé percer, aussi lui, des opinions un peu sévères. Voilà, citoyen ministre, le tableau du moment. L'homme le plus déçu, c'est Laharpe. Il étoit en liaison intime avec Masséna et il comptoit bien mettre cette liaison à profit. Ils se sont brouillés, et ça été là une des principales causes de tout ce qui est arrivé. Il a cru que le courant des choses suffiroit pour l'accomplissement de ses vues, sans le général. Ce courant a bien rétrogradé par la journée du 19. C'est un homme qui a joué toutes les chances et qui, comme cela doit être, finit par y perdre.

La même fluctuation, au surplus, règne dans tous les esprits. Au Corps législatif, on prévoit de grands événemens. L'ouvrage de la révision de la Constitution n'en avance pas plus vite. On attend que la République française ait fait connoître son vœu, et l'envoi du citoyen Reinhard donne à présumer qu'elle le fera. Tous les partis restent en regard, si ce n'est qu'ils sont réunis pour renverser le Directoire actuel.

Ce ne sera pas, je vous assure, une besogne facile, que de faire ici un bon emploi de la direction que la République doit y exercer. Les élémens sont si divisés, les souvenirs sont si près et si nombreux, le désordre est si grand, les moyens du pays sont si foibles. Le Directoire, foible et déconsidéré, comme il l'est, est incapable d'avoir aucune initiative. L'homme le plus fort de tête est Secrétan, mais c'est un esprit spéculatif. Il a dernièrement produit, au nom du Directoire, un message qui donnoit un projet pour la constitution élémentaire des communes. C'étoit un ouvrage inintelligible, tendant à faire de l'État un aggrégat de petites républiques communales. On a écarté ce plan par l'ordre du jour. La Harpe, avec moins de talent, seroit plus capable de mener ; il a plus de pratique ; c'est un homme très couvert, très ambitieux ; il sent qu'il n'aura jamais une base à lui, et jamais on ne pourra lui en faire une solide. Lui et Ochs sont des hommes qu'il faut abandonner, valussent-ils plus qu'ils ne valent réellement. Dolder est un homme simple qui n'apporte à un gouvernement que l'estime dont il jouit. Savary est délié. Il s'est trouvé à Paris, il y a 20 ans, faisant ses cours de médecine, lancé dans la haute compagnie ; il y a pris de l'intrigue et des manières. Il s'étoit introduit par souplesse dans l'oligarchie de Fribourg. Malgré les bruits que le parti contraire fait courir, sans les prouver, il nous a honnêtement servis quand nous sommes entrés dans son canton. C'est un homme incapable de nous traverser jamais, mais, par rapport à sa place, c'est un de ces médecins politiques dont nous avons tant. Celui qui est le plus embarrassant, non à juger, mais à placer dans le degré de confiance que nous pouvons lui donner, c'est Oberlin. Nous n'avons pas d'homme plus dévoué et même plus affectionné que lui. Un espèce d'instinct fait chés lui ce que la raison devroit faire chés les autres. Il est l'appui du parti le plus chaud, à cause de ses opinions seulement, mais il est l'objet de la haine de l'autre parti, comme de celle de ses collègues. Sa nullité et son dévouement l'ont fait survivre à toutes les épurations, et c'est ce qui le rend plus odieux.

Parmi les ministres, il y a des gens plus forts. Celui des sciences et des arts, Stapfer, est un homme parfaitement à sa place. Celui de la justice, Meyer, de même. Quant au citoyen Bégos, il est assés bien à la sienne, parce que la Suisse a peu de relations extérieures ; on cherche en vain à lui étendre la vue ; il croit avoir fait merveille quand il a constaté des principes et fait une belle opposition.

Vous verrés, par la réponse ci-jointe qu'il a faite à la notification de la journée du 19 brumaire, qu'il ne quitte jamais la récrimination. C'est un officier qui a eu, par ses avantages personnels, des succès dans le monde et qui n'a apporté dans son nouvel emploi que les qualités aimables de son ancien métier.

Au Corps législatif, il y a des hommes distingués. Les plus forts sont dans le parti modéré que les autres appellent le parti olygarchique. Je me suis attaché à pénétrer quelques-uns des plus influens, entr'autres Koch et Zimmermann, du Grand Conseil. Il y a de la folie à les accuser de vouloir rétablir l'olygarchie ; ils ont prouvé le contraire par leurs opinions connues avant la Révolution. Mais ils témoignent un peu trop vivement leur impatience d'être délivrés de nous. C'est un parti qui, à la longue, doit prévaloir et auquel nous devons nous attacher. Si vous lisés le *Bulletin* que je vous envoye, vous verrés qu'ils sont aux prises avec leurs adversaires dans les Conseils. Dernièrement, dans un comité secret, ils ont fait, Koch surtout, les plus violentes sorties contre le Directoire, qu'ils ont déclaré incapable de servir plus longtems ; ils le pressent de rendre ses comptes ; disent que le jour où il le fera sera son dernier jour. Or, comme, dans ces comptes, je présume que nous figurons un peu souvent, je ne suis pas sans inquiétude sur le but qu'on peut se proposer en pressant la reddition.

Vous voyés, citoyen ministre, à quel point on est embarrassé pour avoir une opinion sur les hommes. Sur les choses, l'embarras n'est pas moindre. C'est un des malheurs de notre position que nos intérêts n'ont plus ici cette simplicité qu'ils avoient et qu'ils doivent avoir par la nature des choses. Pour les restituer à cette simplicité, il faut la paix, et la paix même ne se fera pas tout de suite. Quand je considère ce pays et les partis qui le divisent, je n'ose espérer qu'il ne soit pas le théâtre des débats les plus sanglants, dès que nous n'y serons plus : les *Bourgeois* aux prises avec les *Campagnes ;* celles-ci à asservir à un nouveau systéme d'impositions ; les petits cantons toujours fanatisés de leur démocratie et plus difficiles que le reste à plier à des impôts ; le parti français et le parti allemand ; s'il y a en Italie une république, le parti italien, qui deviendra remuant et qui a aussi sa langue et ses mœurs ; les idées religieuses, assés fortes pour renouveller les combats terminés par la *paix d'Arau* et par des compromis ; des balancemens de religion et de sectes que l'on ne peut plus consulter. En voilà plus qu'il n'en faut pour faire prévoir des convulsions, même après l'épuisement où l'on doit être.

Aussi ai-je trouvé qu'assés unanimement on désiroit que nous laissassions un corps de troupes ici pendant quelque tems. Mais comment cela s'accomodera-t-il avec la paix ? Les Allemands n'en veulent pas du tout. Ils croyent qu'un gouvernement fort, avec quelques troupes nationales, suffira pour maintenir l'ordre. Je suis porté à le croire, parce que je le désire, surtout quand je vois la multitude d'obstacles que nous nous sommes chargés de briser. L'odieux nous en restera longtems ; mais enfin si cela ne devoit pas se prolonger, on s'en consoleroit. Il y a des hommes plus violens qui désirent que nous laissions 20 mille hommes que nous échangerions contre 20 mille Suisses. Ceux-là disent qu'il faudra *hâcher* les petits cantons. J'ai demandé à ces gens-là qui se chargeroit de cette exécution.

Vous êtes à présent, citoyen ministre, à même de juger quel avenir nous nous sommes préparés et combien sera difficile ici la tâche d'un ministre. Après l'invasion, la faute capitale a été la constitution qu'on a donnée au pays. Ce mélange d'olygarchie et de démocratie ne plaît à personne et, comme cela doit être, on a saisi le premier moment favorable pour annoncer l'intention de s'en défaire. Aussi a-t-on, depuis trois mois, une commission de révision. L'article 106 défend néanmoins les changemens jusqu'à une époque donnée et prescrit des formes très longues. On a aboli cet article par le fait, et vous sentés que personne ici ne l'a trouvé mauvais de la part de la République. Voyés, je vous prie, ce qui se passe en Ligurie et ce qui arrivera bientôt en Hollande. Vous vous persuaderés combien d'embarras on se prépare en voulant donner une constitution de toutes pièces à un peuple étranger, abstraction faite de toute localité et, ce qui est plus fort, de la répugnance qu'a toujours une nation pour un code que la force lui impose. Il me semble qu'en accordant au prosélytisme toute la force qu'il doit avoir entre nos mains, il convient aussi d'en bien fixer les bornes, si nous ne voulons pas qu'il tourne contre nous. C'est un grand mal qu'il faille le faire fructifier par les armes. C'en est un plus grand quand il va jusqu'à subjuguer les amours-propres et comprimer le ressort même, sans lequel il ne peut opérer : l'esprit national et le désir de se donner ses loix.

Ce n'est pas qu'ici il y ait des hommes d'une grande capacité pour constituer le pays. Les difficultés sont immenses et, je crois, à peine connues par les Suisses eux-mêmes. On ne trouve pas un homme ici qui puisse parler *économiquement* ou *politiquement* de l'Helvétie. Toutes ces petites souverainetés étoient très secrètes dans leur administration. Les formes du gouvernement étoient très variées, de manière qu'il n'est pas étonnant que les gens les plus forts ne connoissent pas le tout. D'un autre côté, on est encore dans la jeunesse de la Révolution, et vous savés que l'expérience des autres n'instruit personne. Je voîs partout bien du vague. Mais enfin, après avoir posé les grandes bases, laissons aux Helvétiens à construire l'édifice ; car, à coup sûr, nous serons encore moins qu'eux en état de résoudre les difficultés locales.

Personne ne sera plus capable, citoyen ministre, que le citoyen Reinhard de vous éclaircir les doutes que je vous soumets. Je vous assure que ce ne sera pas trop de tous les avantages qu'il apportera avec lui, pour bien connoître les hommes et les choses et donner une direction fixe à notre influence qui, jusqu'ici, a été un peu abandonnée au hazard.

Salut et respect.

PICHON.

P. S. Dans les *Bulletins* que je vous envoye, je vous prie de lire spécialement, dans le n° 24, la lettre de Lavater, de Zurich, au Directoire exécutif; il le menace tout uniment de plusieurs 100 mille

Helvétiens et d'un bon nombre de dignes Français, s'il ne change pas de conduite. C'est une chose très remarquable qu'une telle pétition.

XVIII

(p. 246)

Aff. Étrangères. Suisse
CCCCLXXI, 153 or.

An VIII, 19 brumaire.
Berne.

Pichon (à Reinhard).

Citoyen ministre,

Je vous ai marqué que le ministre Bégos était absent. J'ai trouvé le portefeuille entre les mains du chef du bureau des Relations Extérieures. Je lui ai remis la lettre que j'avais pour son ministre ; il en a rendu compte au Directoire ; chacun de ses membres a témoigné qu'il me recevrait avec plaisir ; je les ai tous vus ce soir, en sorte que voilà mes communications liées. Avant de vous rendre compte de ce qui s'est passé dans ces visites, je dois vous instruire de ce qui les a précédées.

Dès hier, je cherchai à me rencontrer avec le citoyen Jenner ; j'avais appris, le soir même de mon arrivée, qu'il avait été envoyé à Zurich ; il sortait de chez le citoyen Perrochel lorsque je mettais le pié dans son sallon : je témoignai au ministre du regret qu'il ne m'eût pas présenté à lui. En général, la nature de ma mission m'a privé de beaucoup de renseignemens qu'on ne peut attendre que de la satisfaction mutuelle.

Je parvins néamoins à joindre le citoyen Jenner. Je le connaissais par ce qu'il avait fait à Paris ; le voyage qu'il avait fait à Zurich me le rendait plus intéressant. Après avoir causé généralités sur les hommes et sur les choses, il m'apprit que l'arrangement qu'il était allé proposer au général Masséna et qui est le même que celui dont le ministre plénipotentiaire vous a rendu compte, dans sa dépêche n° 112, n'avait pas été agréé ; il m'a montré la proposition écrite qu'il avait faite et la réponse du général. Celle-ci porte que, dans ce moment, il réfère du tout au Directoire exécutif qui prononcera et que, néanmoins, il appuyera volontiers ces propositions. Ceci s'est passé du 13 au 14 de ce mois. Le citoyen Jenner était revenu depuis quelques jours. Le général a fini par lui dire qu'il le manderait à Zurich s'il y avait lieu à quelque arrangement et qu'il fallait attendre mon arrivée à Berne.

Les conférences du citoyen Jenner avec le général ont duré trois ou quatre jours. Il convient, pour vous faire connaître à fonds où l'on en était ici à mon arrivée, de vous les détailler ; mais il faut auparavant rappeler l'historique de la discussion actuelle et ses phases, dont la correspondance du ministre plénipotentiaire ne nous avait pas très positivement informés.

C'est vers le milieu de vendémiaire que Masséna a remporté les victoires. Quelque tems auparavant, dans les jours complémentaires, il avait écrit au Directoire helvétique la lettre la plus flatteuse, se montrant satisfait de sa conduite au delà de toute expression. Jusques là, la confiance et l'amitié réciproques avaient été entières ; la nouvelle des victoires, au milieu des expectatives désolantes du moment, produisit un élan tel dans les autorités qu'il était question de faire décréter une statue équestre à Masséna, avec un bien national en Helvétie. La chose était arrêtée au Directoire. Arrive alors l'avis que le général a imposé Zurich à 800 mille francs, sous forme d'emprunt, et qu'il a associés Saint-Gall et Wintherthur au même sort. Le Directoire helvétique se plaint au général et réclame ; il écrit à Paris la lettre que vous connaissez. Point de réponse du général, mais extension de l'emprunt à Basle pour une somme de 800 mille francs. C'est alors que le Directoire helvétique prend son arrêté qui déclare traître à la patrie quiconque payera. Les Conseils aigris demandent à grands cris à être informés de ce qui se passe et de ce qu'on a fait pour faire respecter l'indépendance nationale. On leur donne connaissance de l'arrêté ; il est sanctionné d'enthousiasme au milieu des discours les plus violens. Le général en chef mande le ministre plénipotentiaire à Arau pour conférer avec lui sur ces obstacles et sur cette exaspération. Le ministre approuve hautement la résistance du Directoire helvétique et prédit au général un désaveu de la part du Directoire français.

En attendant, les villes de Zurich, Saint-Gall et Wintherthur s'arrangeaient ; mais, pour que Basle ne put en faire autant, on y envoie le ministre des Relations Extérieures exprès pour y notifier l'arrêté aux administrations centrales ; mouvement dont la correspondance ne vous rend point compte et qui a produit une grande irritation dans les esprits et du public et du général. Le général Masséna aigri et ayant reçu la réponse du Directoire à lui-même et celle au Directoire helvétique, qui lui était venue sous cachet volant, double la contribution de Basle et la porte à 1600 mille francs. Ceci a été fait dans le courant de ce mois. Le général Chabran, généralement estimé, est chargé de lever avec vigueur cet emprunt. Les premiers 800 mille francs étaient à peu près payés quand la somme fut doublée. Le général Chabran force les négocians les plus riches à se réunir dans une église pour souscrire. L'un d'eux, le citoyen Mérian aîné, dit qu'il n'obéira qu'à la force et s'emporte en propos menaçans et injurieux ; il est pris et envoyé à Huningue, et le commandant de la place déclare qu'il est autorisé à en faire autant de tous ceux qui se permettraient la même conduite. Le ministre plénipotentiaire vous a mandé le fait ; mais vous ignoriez toutes ces circonstances. Tandis que tout ceci avait lieu, cinq mille hommes occupaient Berne. On prépare un camp près de la ville pour y réunir cette force ; tout annonce, dans Berne et sous ses murs, des préparatifs menaçans de notre part.

Le Directoire helvétique, après avoir reçu la réponse du Directoire exécutif et vu les conséquences qu'avait produites son arrivée, n'a pu manquer de réfléchir très sérieusement. C'est alors qu'il a songé à envoyer auprès du général Masséna. Il ne pouvait mieux choisir son organe. Le général estime le citoyen Jenner et, ce qui prouve que celui-ci a produit de bonnes impressions, c'est que le camp ne s'est point formé et que les cinq mille hommes qui étaient en garnisaire (*sic*) à Berne sont réduits à deux bataillons.

Le général Masséna s'est montré très irrité et contre le ministre plénipotentiaire et contre le Directoire helvétique et contre quelques membres des Conseils. Il a dit qu'il savait qu'on avait parlé dans un conseil privé, dont il connaissoit les chefs, d'une levée de bouclier (*sic*) contre lui, qu'il n'ignorait point qui poussait à tout ceci, qui avait fait les arrêtés, et a clairement fait entendre qu'il n'était pas moins en mesure d'agir contre les hommes que contre les obstacles qu'ils lui opposaient. Il a dit, au surplus, au citoyen Jenner que s'il fût venu plus tôt, ils se seraient entendus. Malheureusement Jenner était absent quand toute cette affaire s'est entamée ; il a un trop bon esprit, voit trop clairement le fonds des choses, pour n'avoir pas prévenu ce qui s'est fait s'il en eût été à même.

Le retour du citoyen Jenner, sans avoir rien conclu ; le départ subit du citoyen Perrochel, sans successeur ; les menaces du général Masséna et son inflexibilité, tout cela a donné à penser à ce gouvernement. Il était livré aux incertitudes où cette coïncidence, assez peu équivoque, des événemens devait le jetter, quand je suis arrivé. D'après les ouvertures, ou les aveux, ou la réserve de différentes personnes, et d'après quelques autres circonstances, j'ai été tout de suite dans le cas de conclure, citoyen ministre, que tout ce mouvement pouvait bien avoir son origine dans le Directoire helvétique même ; mais qu'aussi on n'avait pas travaillé ici, de la part du gouvernement français, ou à le prévenir ou à l'arrêter, si même on ne l'avait pas encouragé. C'est une chose sur laquelle vous pouvez compter, et qu'il faut bien dire, puisqu'elle fait connaître la vraie nature de tout cet éclat qui a donné à Paris des inquiétudes si sérieuses. Des piques personnelles, des passions, ont revêtu des apparences les plus plausibles un genre d'opposition qu'aucun Français ni aucun Suisse ne peut approuver de sang-froid ; et si les Suisses ont pu n'être pas rassis, nous ne pourrions pas, nous, cesser de l'être. On a cru le Directoire trop lié par les déclarations que le 30 prairial a produites pour qu'il pût même hésiter entre les deux parties. Il est né de tout cela un échauffement réciproque et progressif que se sont mutuellement communiqués et ceux qui pouvaient plus sentir que réfléchir et ceux qui ne devaient que réfléchir ou sentir différemment. Échauffement qui a bien dû se refroidir dès que les conséquences se sont montrées aussi menaçantes et qui, si je ne me trompe, a tout à fait cessé aujourd'hui. Il est inutile d'en dire davantage sur ce chapitre; le mal est fait, il faut le réparer.

Après avoir bien pesé toutes les circonstances avec le citoyen Jenner, d'une manière plus ou moins explicite, nous convînmes, dans notre dernière entrevue, hier soir, qu'il fallait nous concerter pour agir sur l'esprit des Directeurs. Il m'apprit que les Conseils demandaient à connaître le résultat des démarches faites auprès du gouvernement français; que ce matin il y aurait, à ce sujet, au Directoire, une séance extraordinaire à laquelle il serait appellé; que si l'on fesait un message pour apprendre que les conférences de Zurich avaient été infructueuses et pour communiquer purement et simplement la réponse du Directoire au Directoire helvétique, cela pourrait produire un autre scandale. Masséna avait promis de le faire revenir à Zurich; cinq jours s'étaient écoulés; il n'avait point de lettres. Que faire ? Il me demandait mon avis.

J'ai conseillé, s'il y avait nécessité absolue, de faire un message calmant et dilatoire annonçant que la négociation continuait. Mais, en même tems, j'ai pensé qu'une démarche plus décisive pouvait ouvrir plus promptement les voies de réconciliation et à Zurich et à Paris. C'était d'annoncer aux Conseils que le Directoire exécutif de France avait répondu en garantissant les emprunts ; qu'on acceptait cette garantie, et qu'on s'occupait de la réaliser. C'était le moyen de faire cesser la rancune que pouvait avoir le général et de se concilier le Directoire exécutif.

Pénétré de cette dernière conférence, en rentrant chez moi, et de la nécessité de donner, dans ce moment, une impulsion au Directoire helvétique, j'ai mis par écrit quelques réflexions sur l'origine et les effets du différend et sur les moyens d'en sortir. J'ai appellé le citoyen Jenner ce matin, avant la séance, pour les lui communiquer, comme récapitulant les raisonnemens à présenter et les conclusions à offrir ; je lui ai demandé s'il croyait que ces réflexions fussent bien reçues, remises sous la forme de mémoire. Il m'a invité à les donner au président du Directoire helvétique quand je le verrais. Je l'ai fait ce soir dans le cours de mes visites aux Directeurs, après toutefois avoir sondé le terrein. J'ai répété la substance du mémoire dans mes conversations avec tous les cinq ; je vous en envoie, citoyen ministre, une copie ci-jointe. Par ce moyen, le compte à rendre de mes conférences avec les membres du Directoire se trouvera abrégé.

La séance du Directoire a eu lieu ce matin. On n'y a rien fini, sinon qu'on est convenu d'un message calmant et dilatoire, si l'on en fesait un. Mais j'ai vu, sans qu'on me l'ait dit, que, comme on m'avait assigné des rendés vous pour ce soir, on a voulu, avant de prendre un parti, savoir si j'apportais quelques instructions pour le moment. Le président *Savari* que j'ai vu avec le citoyen *Dolder* m'en a fait l'interpellation. J'ai répondu que, dans tout ceci, je n'étais rien et que je ne pourrais rien que par la correspondance dans laquelle je vous rendrais compte de l'état des choses : que cependant je savais que le Directoire exécutif avait été vivement affligé et très inquiété de ce qui s'était fait, et désirait voir employer à rétablir la confiance les moyens qu'on avait pris pour la troubler. J'ai fait sentir que, tout le mal venant du scandale et de l'éclat, une première démarche publique de la part du Directoire helvétique calmerait toutes les inquiétudes, dissiperait tous les nuages à Zurich et à Paris. L'idée d'envoyer à Paris pour consolider l'ouvrage appartient au Directoire helvétique qui l'avait eue, au cas que l'affaire se fût arrangée au quartier général. J'en ai reconnu l'utilité. Le citoyen Jenner, selon les vraisemblances, serait chargé de la mission. Elle ne pourrait alors que produire du bien. Le citoyen

Zeltner ayant d'ailleurs donné sa démission, ce serait un motif de plus pour y renvoyer son collègue qui convient bien mieux au moment actuel.

A présent, citoyen ministre, vous demandez ce que j'ai vu au Directoire helvétique et si j'ai trouvé des amis ou des ennemis ? Une conférence ne suffit pas, sans doute, pour prononcer bien pertinemment ; mais je vous dirai ce que j'ai vu. Tous les membres sont frappés de l'idée qu'il faut, ou se raccommoder avec nous, ou se retirer. Voilà l'*ultimatum* de l'aigreur qui, de Paris, semblait avoir des caractères plus inquiétans. J'ai trouvé les citoyens Savary et Dolder, qui jouissent dans le pays d'une grande considération, dans les meilleures dispositions. Ils se sont récriés quand je leur ai dit qu'on avait pris à Paris tout cet éclat pour très sérieux. Ils pensaient tellement [peu ?] à autre chose qu'à une résistance de plume, que, Berne étant pleine de troupes et Masséna y ayant envoyé un bataillon de plus, ils avaient fait sortir pour le loger toute la troupe helvétique chargée de la garde des autorités et de la police se montant environ à six cents hommes. Ils m'ont répété, sans aigreur, sans irritation, ce qu'ils disent depuis longtems ; que, depuis quinze mois, l'Helvétie entretenait l'armée ; qu'il était à désirer qu'enfin le Directoire prît avec eux quelques arrangemens pour des remboursemens sous une forme quelconque. Ils ont beaucoup insisté sur la famine qui les menace si on ne leur accorde pas les autres grains qu'ils ont récemment fait demander. Au surplus, l'intérêt du Directoire était qu'ils eussent ici de la confiance, de la considération ; que c'était à lui à leur en donner et que tout ce qu'avait fait Masséna n'était pas propre à atteindre ce but. Ils m'ont rappelé l'enthousiasme qu'avaient produit les victoires de Masséna, les intentions honorables qu'ils avaient eues pour lui, les lettres flatteuses qu'ils en avaient reçues, et ne pouvaient concevoir quelle cause était subitement venue rompre cette harmonie et porter le général à en agir comme il en avait fait. J'ai donc trouvé ici, citoyen ministre, abandon parfait, confiance intime. Le citoyen *Oberlin* est dans les mêmes sentimens ; j'ai peu causé avec lui, vu qu'il n'est guères là que pour ses bonnes intentions. D'après ce que j'ai compris, le président lira en séance le mémoire que j'ai remis, et je suis persuadé que les sentimens concilians en seront unanimement approuvés par ces trois directeurs.

Je viens aux citoyens *La Harpe* et *Secrétan*. Ils vivent ensemble. Je les ai vus tous deux à la fois. Ce sont eux, et surtout le premier, qu'on regarde comme les auteurs de tout cet éclat et de l'arrêté.

On croit que le citoyen La Harpe fesait les articles de l'*Ami des loix*. Et voyez les étranges combinaisons ! Il était fort bien avec Masséna, assez mal avec le ministre plénipotentiaire. Depuis tout ceci, il s'est trouvé bien avec le ministre et extrêmement mal avec le général qui s'est exprimé sur lui avec Jenner en termes très significatifs. Je savais tout cela, je m'attendais à de la vivacité, à des récriminations ; rien de cela n'a eu lieu. Le citoyen La Harpe a été calme. Le citoyen Secrétan était plus roide. Tous les deux ont défendu l'arrêté. C'était le seul moyen qu'eût le gouvernement helvétique d'acquérir un peu de confiance chez la nation et, par là, de modérer le mouvement des esprits. Dans le renversement de tout principe qui a eu lieu, la nation a regardé les magistrats. C'est donc à eux à diriger alors les affections et aussi à répondre à la confiance dont elle les a investis. Le citoyen Secrétan, à la fois chaud et éclairé, de mœurs et de formes très sévères, de ces esprits qui ne veulent tenir aucun compte des circonstances, parlait surtout dans ce sens ; il invoquait le devoir, les traités, les loix du pays. On les avait menacés, mais que risquaient-ils ? La perte de leur place, de la vie ? Et quelle idée aurait-on d'eux si ce danger pouvait balancer le devoir ? Qu'au surplus, s'ils étaient des obstacles au rétablissement de l'harmonie, il n'y avait rien de si aisé que de les lever, et d'appeller des hommes qui ne fussent point compromis.

J'ai vu, citoyen ministre, qu'ici il ne fallait pas aigrir ni trop rappeler les torts ; mais j'ai dit que le Directoire avait été affligé ; qu'on ne l'avait pas traité en ami. Comment n'avait-on pas hésité à le placer dans une alternative aussi accablante, par des lettres aigres, des arrêtés menaçans, des messages et des délibérations en quelque sorte hostiles ? Que le courage n'était pas de quitter la place. Ces changemens n'étaient bons qu'à détraquer et à déconsidérer un système déjà faible. Mais que le vrai courage était, la position bien connue, de ne pas embarquer son pays dans des pas aussi périlleux ; il fallait voir la fin de toutes les peines, mais l'obtiendrait-on, cette fin, en brusquant tout dans le passage et en ne s'entendant point ? Et quant à l'idée de profiter de cet éclat pour obtenir de la confiance chez la nation et modérer un mouvement qu'on avait créé, qu'elle ne pourait être sérieuse. Pouvait-on prétendre à une confiance séparée d'une intime liaison avec nous, et n'était-ce pas montrer un drapeau aux mécontens que se mettre avec eux ? On a conclu à tout faire pour tenir la chose dans la voie de l'arrangement et, en somme, citoyen ministre, je suis sorti content de cette visite, et je crois que, dans la séance de demain, les esprits seront réunis.

Je résume, citoyen ministre. On est, d'un côté, excessivement embarrassé et honteux de tout ceci et l'on fait assez entendre qu'on ne s'est point engagé seul si avant ; de l'autre côté, on est affligé. La contenance du général a effrayé ; la lettre du Directoire a imposé sans aigrir ; de sorte qu'on ne peut pas ne pas s'empresser de passer par la porte que le Directoire exécutif a ouverte. Le défaut d'accord entre le général en chef et le ministre plénipotentiaire a causé tout le mal. Ce sont aujourd'hui des enfants étonnés, après avoir joué avec du feu, d'avoir été sur le point d'allumer un incendie qui les eût dévorés. Mais il y a attachement sincère chez les uns, attachement de force chez les autres. Les plus sages ont le premier ; les plus exaltés ont le second. Chez les uns, une espèce de sentiment filial envers la France règne jusque dans le mécontentement ; chez les autres, l'exaltation a un bon principe, avec des vues privées peut-être ; mais on sent que le succès de ses vues dépend d'une harmonie parfaite avec la République, et avec la République triomphante. Il ne s'agit plus que de ramener le général. Si l'on fait ici une démarche bien entendue, il sera désarmé ; tout ira bien. Ensuite ce sera au Directoire exécutif, quand il connaîtra la nature de tout ce qui s'est passé, à achever ce qu'a préparé la modération de sa réponse, à empêcher que les ressentimens de notre côté n'aillent pas trop loin, et à faire en sorte qu'on rentre dans la ligne de la confiance. Il y a eu une lettre d'écrite ici par le ministre de la Guerre qui a beaucoup ulcéré. Je tâcherai de l'avoir. Aujourd'hui, la nécessité est satisfaite ; il y a eu près de deux millions de perçus ; il ne reste plus que la surimposition de Basle à lever, et on la lève avec la sévérité que je vous ai dit, sans que le citoyen Jenner ait pu obtenir qu'on s'en désistât, sauf remplacement. Ne pourrions nous pas accepter ce que Jenner a proposé, ou quelqu'équivalent ? Je ferai tout ce que je pourrai pour travailler sur l'esprit du général Masséna qui n'a plus les mêmes raisons d'aigreur, et à qui j'espère qu'on ôtera celles qui pourraient rester. Le gouvernement helvétique m'a engagé à aller à Zurich, disant que le défaut même de caractère rendrait ce que je dirais plus efficace. Mais je voudrais avoir une réponse du général en chef à ma lettre pour savoir sur quel terrein j'aurais à m'engager. Je vous rendrai compte, citoyen ministre, de la suite qu'aura tout ceci. Vous voudrez bien pardonner la longueur de cette dépêche ; il a fallu reprendre les choses de loin pour combler des lacunes qui existaient dans les rapports qui vous ont été faits jusqu'ici.

Salut et respect.

L. A. Pichon.

P. S. J'ai pu me procurer la copie de la réponse du général en chef aux propositions du citoyen Jenner ; je vous l'envoie. Je vous prie de faire joindre la copie ci-jointe de l'inventaire que j'ai échangé avec le citoyen Perrochel à ma dépêche n° 2.

XIX

(p. 252)

Aff. Étr. Suisse
CCCCLXXI f° 139 or.

An VIII, 11 brumaire,
Berne.

Perrochel à Reinhard.

Citoyen ministre,

J'ai reçu aujourd'hui la dépêche dont vous m'avés honoré le 3 de ce mois. Je m'empresse de vous présenter les éclaircissemens et les observations qu'elle nécessite de ma part.

Il paroitroit, citoyen ministre, que vous avés considéré les demandes d'argent, faites à plusieurs communes de la Suisse par le général Masséna, comme des emprunts volontaires et non comme des contributions forcées. Cependant vous avés pu remarquer, dans les différentes pièces que j'ai eu l'honneur de vous transmettre, que ces demandes ont toutes le caractère attaché à un emprunt forcé.

Il étoit juste, sans doute, que le gouvernement helvétique fît des efforts pour subvenir aux besoins de l'armée française et ajouta (*sic*) des sacrifices nouveaux à ceux déjà faits, en tant d'occasions, par la nation helvétique. Mais les mesures qu'il avoit précédemment prises, de concert avec le général Masséna, pouvoient laisser croire au gouvernement helvétique, qu'à l'aide des moyens adoptés et fournis à l'armée française, la subsistance de celle-ci seroit assurée. Il ignorait que le général en chef eût un besoin d'argent aussi impérieux, et cette erreur étoit d'autant plus naturelle que jamais le général Masséna ne lui a fait part de son embarras à ce sujet. Il y a plus : c'est que dix ou douze jours avant la victoire de Zurich, ce général écrivit au Directoire helvétique une lettre honnête, dans laquelle il le remercioit de son zèle et des secours fournis à l'armée française. C'étoit peut être l'occasion de faire entrevoir au gouvernement helvétique l'extrême besoin d'argent qu'éprouvait le général en chef pour payer une partie de la solde et des appointements dus aux soldats et aux officiers. Mais il n'en étoit pas question. Dès lors, on ne peut pas savoir très mauvais gré au Directoire helvétique, s'il ne s'est pas empressé d'offrir, en signe de sa reconnaissance, un objet qui ne paroissoit pas occuper la pensée du général Masséna.

Au reste, citoyen ministre, je suis loin d'approuver en tout point la conduite tenue par le Directoire helvétique. Je ne puis parler de ses lettres adressées à celui de la République française, attendu qu'elles ne m'ont pas été communiquées, mais ce que je lui ai reproché, c'est :

1° d'avoir pris un arrêté conçu dans des termes très inconvenans et qui pouvoient même prêter à des idées tout à fait défavorables ;

2° d'avoir dépêché un courrier à Paris, au lieu d'y avoir envoyé une personne capable d'expliquer les véritables intentions du Directoire helvétique et de concilier les choses qui n'ont péché essentiellement que par le manque de formes. Car le Directoire helvétique n'a pas prétendu, et il ne prétend pas, se refuser à venir au secours de l'armée française, mais il exigeoit qu'on ne méprisât pas son autorisation et son concours.

Maintenant, citoyen ministre, je prends la liberté de répondre à l'article de votre dépêche qui me concerne particulièrement. Vous me faites l'honneur de me dire, citoyen ministre, que *les circonstances exigeoient impérieusement* que j'eusse agi de concert avec le général Masséna, et qu'au lieu de contrarier ses démarches, je cherchasse à le seconder ; qu'elles pouvoient ne pas me paroitre toutes également régulières, mais que je devois penser que la nécessité, dont souvent lui seul peut juger, ne permet pas toujours l'exacte observation des régles et qu'il importe qu'il ne soit pas trop gêné dans ses plans et dans ses mesures.

Ce reproche, citoyen ministre, doit être extrêmement sensible à un agent diplomatique qui prend pour régle de sa conduite et de ses devoirs les instructions qu'il a reçues de son propre gouvernement ; qui maintient, autant qu'il est en lui, les engagemens et les traités solennels, sur la foi desquels la confiance des nations se repose ; qui fait des représentations lorsque, contre la volonté présumée de son gouvernement, ces engagemens et ces traités sont violés ; qui, pénétré des véritables intérêts de son pays, les fait consister dans les soins qu'on apporte à respecter l'indépendance des peuples alliés et à s'en faire des amis ; qui, enfin, est persuadé que, quelque puissant que soit un État, il est de la saine politique de ceux qui le gouvernent de témoigner des égards aux États plus faibles dont il est environné, afin de s'en former une barrière qui ajoute encore à sa propre force.

Oui, sans doute, citoyen ministre, j'ai eu l'honneur de vous informer de la conduite du général Masséna, relative aux emprunts forcés qu'il a exigés des diverses communes de l'Helvétie. J'ai eu également celui de vous représenter combien les formes employées dans cette circonstance par le général blessoient le traité d'alliance subsistant entre les deux États et l'indépendance de la nation helvétique. Telles sont, en effet, les oppositions que j'ai mises aux démarches du général Masséna. Je vous avouerai même, citoyen ministre, que si j'avois été revêtu d'un pouvoir suffisant, je n'aurois pas hésité à substituer aux mesures prises par le général Masséna des moyens plus justes, plus convenables et plus prompts, pour arriver au but qu'il vouloit atteindre. Ces moyens, je les ai proposés hier au Directoire helvétique, après avoir été instruit de la réponse qu'il a reçue du Directoire exécutif, et parce que, d'ailleurs, j'ai connu l'embarras qu'il éprouve pour rapporter son arrêté, et l'intention où il paroissoit être d'adopter toute autre mesure qui, néanmoins, satisferoit aux désirs du gouvernement français.

Mes propositions ont donc été de l'engager :

1° A envoyer à Bâle le ministre des finances, chargé de faire assembler la Chambre de commerce de cette ville et de négocier avec elle un emprunt de trois millions, argent de France, pour le payement desquels on demanderoit au gouvernement français des coupons de cinq cents francs qui seroient reçus comme numéraire aux bureaux des douanes frontières désignées et pour acquit des droits perçus sur les marchandises exportées de Suisse en France.

2° D'envoyer sur le champ quelqu'un à Paris pour faire accepter cet arrangement. Le Directoire helvétique a pris, peu de moments après, la résolution d'envoyer le citoyen Jenner auprès du général Masséna, afin de le prévenir de ces dispositions et les lui faire agréer. Il est parti hier au soir et, si le général consent à cet arrangement, le citoyen Jenner, ex-envoyé d'Helvétie près la République française, partira aussitôt pour Paris, chargé de la mission dont je viens de vous parler.

A l'égard de l'emprunt de trois millions qu'il est question de négocier avec la ville de Bâle, je ne doute pas qu'il ne soit promptement consenti, parce que les maisons de commerce de Zurich et de Saint-Gall se réuniront à celles de Bâle pour fournir les fonds. Leur intérêt est le même, et toutes sentiront que si cet emprunt est avantageux à la France, il sera aussi très profitable pour le commerce de la Suisse. En effet, les maisons de commerce, auxquelles la contrebande considérable qui se pratique cause un préjudice sensible, seront, dés ce moment, intéressées à ce qu'elle disparoisse, parce qu'à ce moyen les commerçants, trouvant un débit plus rapide et plus assuré de leurs marchandises, parviendront plus promptement à se défaire des coupons dont ils seront porteurs et, par conséquent, à se rembourser de leurs avances. Ainsi les négociants feront tous les bénéfices enlevés par la contrebande et seront assurés de leur remboursement.

On dira, peut-être, que cet arrangement ne procure pas un avantage bien sensible à la France, parce qu'elle touche le produit des droits perçus aux douanes. Mais d'abord, il est trés différent pour le gouvernement français de toucher à l'avance une somme dont il a un besoin urgent, au lieu de la retirer d'une manière successive, lente et peu assurée.

En second lieu, la France augmentera sensiblement le produit des douanes par la destruction presque totale de la contrebande qui, du côté de la Suisse, est considérable et qu'on ne sauroit empêcher en employant les moyens ordinaires. De sorte, qu'au moyen de l'arrangement proposé, on pourroit calculer, sans crainte de se tromper, que l'augmentation du produit des douanes sera presqu'équivalent à la somme prêtée.

J'observe, en outre, que, si cette forme d'emprunt est agréée, le gouvernement français trouvera non seulement un avantage présent, mais encore il s'en ménagera d'autres par la suite, en renouvellant les mêmes moyens qui recevront même plus d'extension.

Je n'ai pas encore de nouvelles de la tournure qu'a pû prendre la mission du citoyen Jenner auprés du général Masséna, mais il est à croire qu'elle aura du succés et qu'ainsi son arrivée à Paris sera plus prompte que celle de ma lettre.

Je désire sincèrement, citoyen ministre, que toute cette affaire se termine à la satisfaction des deux gouvernements.

Salut et respect,

Hri PERROCHEL.

Au citoyen Reinhart, ministre des Relations Extérieures.

XX

Aff. Étr. Suisse,
CCCCLXXI, f° 186.

An VIII, 27 brumaire,
Zurich.

Idée présentée au Consulat de la République française.

Ne conviendroit-il point rendre la Suisse neutre, sous la protection du roy de Prusse, en sa qualité de co-État, comme prince de Neufchatel ?

1° Pour prouver à l'Europe que nous ne pensons pas seulement à notre bonheur, mais à celui de nos amis.

2° Pour engager, par cet acte de confiance, le roy de Prusse à s'intermettre dans le grand œuvre de la paix générale.

3° Pour réparer les pertes de la Suisse en lui rouvrant les sources du commerce.

4° Pour couvrir la seule frontière où nous n'avons pas de places fortes.

5° Pour sortir l'armée du Danube d'un pays où tout est mangé, qui ne produit rien et où il faut amener de France à grands frais.

6° Pour porter cette armée sur le bas Rhin et, en attendant la paix, la faire vivre aux dépens de l'empereur, sur la rive droite.

7° Pour profiter de la circonstance en échangeant le Frickthal contre la partie du canton de Schaffouse qui est sur la rive droite et ôter tout point à l'empereur sur la rive gauche.

8° Pour laisser les Suisses se donner le gouvernement qu'ils voudront, et qui sera sans doute républicain.

9° Le seul moyen d'exécution est de fixer le nombre de troupes que la Prusse pourra mettre en Suisse pour y maintenir la paix intérieure et protéger la neutralité.

A Zurich, le 27 brumaire, an VIII de la République française, une et indivisible.

[On pose en question s'il ne conviendrait pas de rendre la Suisse neutre sous la protection du roi de Prusse en qualité de co-État.]

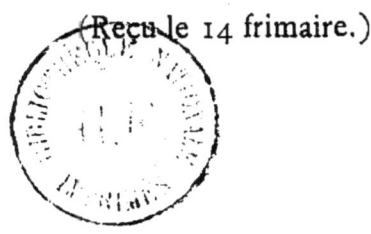

(Reçu le 14 frimaire.)

TABLE ONOMASTIQUE *

---

* Lorsqu'un nom figure deux ou plusieurs fois dans la même page, le chiffre est indiqué en *italiques*.

Imp. P. Attinger, Neuchâtel (Suisse)

www.ingramcontent.com/pod-product-compliance
Lightning Source LLC
Chambersburg PA
CBHW050318030726
47505CB00003B/766
9782013725415